KB266263

살아 도움닫기

살아   도움닫기

김민지 산문집

부들부들,
삶은 리버서블

빈손과 맨손 사이

시작하며

살갗의 시선

굶어 부스럼이라고 한다. 그러나 그냥 생기는 부스럼도 있지 않나?

변함없이 이제까지. 다른 일은 하지 않고 그냥. 별로 신기할 것 없이. 어쨌든지 무조건. 특별한 목적이나 이유 없이. 아닌 게 아니라 과연. 남을 책망하거나 비난하는 뜻으로도 쓴다는 "그저"라는 말마따나. 그저 생기는 부스럼이라고 생각했다.

그 작은 무덤. 옹기종기 모여 있던 난처하고 부끄럽던 살갗을 기억하듯. 참지 못하고 손끝을 댔던 순간을 후회하듯.

이 책은 꼭 그렇게 써질 것 같았다. 그래야 살 것 같았다. 그저 그랬다고 하기엔 너무 많은 이유가 있었을 텐데. 이제는 그 모든 이유를 찾는 일보다 중요한 게 있다고 느낀다. 모든 것을 차치해서라도 내가 나를 지켜주고 싶다는 마음이 든다.

그 마음이 마음에 든다.

마음이 마음에 드는 모양. 나는 그게 꼭 현관에 발을 들이며 옅게 흘리는 숨 같다. 긴장을 오래 할수록 혼자 오래 누울 시간이 필요하다. 등을 딱 붙이거나 아무도 없는 방에서 등을 보일 수 있다면, 그 자체로 보상받는 시간이 아닐지. 이 책은 주로 보상받기 바쁜 일상 끝에 쓰였다.

그래서 읽는 분들도 되도록 그런 일상 끝에 두고 읽으시면 어떨까 상상해봤다. 이 책의 전문을 달달 외지 않아도 이 책이 건드리고 가는 말 하나가 마음을 건드렸다면, 그 마음을 스스로 읽어내면, 그게 책의 양상일 테니.

살면서. 사람들과 부대끼면서. 많은 일을 맞닥뜨리며. 피해는 확실히 입었지만, 내 쪽의 부주의도 있었지만, 어쩌겠는가. 일어날 일은 일어났고, 진심으로 받아들일 것은 받아들이고, 넘길 건 넘겨야 한다. 이 책의 내용도 그렇게 받아들이고 한 장 한 장 혹은 후르르 넘겨주시길. 책이 되어주시길. 의도치 않게 종이에 손이 베인 경험이 있다면 그 감각으로 되새겨보시길.

앞으로 어떤 말을 더 하고 어떤 말을 더 듣게 될지. 모른다. 다만, 실제 눈에 보이지 않아도 삶이 밝혀낼 상처와 흉터가 있겠지.

상처와 흉터는 시작된 이유가 같지만 전혀 다른 것이다. 아물긴 했지만 흉이 진 자리에 이 책을 놓는다. 운이 좋아 밝게 아문 자리도 흉터라고 생각하면서. 뭘 그렇게까지 생각하나 해도 별수 없다. 지나치게 생각하는 일만이 시를 쓰게 했으니까.

이 책은 지나쳐도 괜찮다고 말한다. 계속해서 그렇게 말해줄 것이다.

멀리서 보면 폭죽,
가까이서 보면 폭탄

TCI 검사를 받아본 적이 있다. Temperament and Character Inventory의 약자로 기질과 성격을 알 수 있는 심리검사다.

검사 결과에 따르면 나는 개복치 중에서도 상 개복치다. 이렇게 표현하는 것보다는 개복치들의 개복치로 표현하고 싶을 정도로 누구에게나 인정받을 수 있는 개복치라고 할 수 있겠다. 임재범의 노래 〈너를 위해〉 가사처럼 거친 생각과 불안한 눈빛과 그걸 지켜보는 자의식의 총합. 정말 대단하지 않은가.

멀리서 축제를 기념하는 폭죽이 터져도 코앞에 폭탄이 터진 상황으로 받아들인다는 엄청난 기질. 저명한 학자들이 고안한 심리검사에서도 그렇다는데 이 기질을 부정하고 살아갈 수는 없는 노릇이다. 아마 부정하라고 해도 부정하면 무슨 일이 벌어지지 않을까 그걸로 또 불안해할 나다.

이렇게 살아가는 데 고충은 이루 말할 수 없다. 하루에도 아래와 같은 혼잣말이 여러 번 내 속을 휩쓸고 지나간다.

네가 생각하는 모든 일이 일어나지 않아. 아직 그 일은 일어나지 않았어. 아니 아직이라는 말은 왜 붙이는데. 그 일은 일어나지 않았고 일어나지 않을 거야.

첫말이 불안으로 시작했다면 마지막 말은 반드시 안심 문구여야 한다. 이 안심 문구는 살아오면서 나를 지키기 위해 스스로 단련해 온 내가 건네야 효용이 크다. 그게 아니면 가장 믿을 수 있는 누군가가 해줘야 효과가 있다.

늘 누군가가 곁에 있을 수 없고, 한없이 불안해도 살면서 넘어야 할 크고 작은 협곡이 있으므로. 인간에게는 성격이라는 게 형성된다고 한다.

내가 하나의 기계라면 기질은 나를 이루는 기판이며 성격은 각종 작동과 제어를 담당하는 장치라는 설명이 흥미로웠다. 검사 결과를 일러주는 심리상담사는 자동차로 비유했다.

"그러니까 민지님은 고감도로 운전해야 하는 차예요. 조
금만 핸들을 꺾어도 그 방향으로 크게 엇나갈 수 있는, 또
근데 주의해야 할 점은 엑셀 99% 브레이크 100%로 동시
에 밟아 금방 에너지가 바닥나는 그런 차예요."

그 해설을 듣는데 헛웃음이 났다. 이제야 알 것 같았다.
내가 나로 사는 고단함이 어디에서 시작된 건지. 다행히 살
면서 형성한 성격이 어느 정도 이런 나를 큰 탈선이나 사고
없이 이끌어주고 있었다니. 인간이란 참 어떻게든 살아가
게 되어 있구나 하는 것을 다시금 깨달았다.

이가 없으면 잇몸으로. 뭐 말하자면 그렇게 살았다는 것
인데. 그것만으로 대견한 삶인 것이다. 그렇게 겁 많은 존
재로 비가 오면 잠길까, 바람이 불면 날아갈까, 해가 뜨면
또 무슨 일이 일어날까, 잠자는 동안에도 무슨 일이 일어날
까, 노심초사했던 날들이 주마등처럼 스쳐 지나갔다.

정말이지 겁이 없었다면 더 멋있게 해낼 수 있던 일들도
많았겠지. 하지만 겁이 많았기 때문에 오히려 섬세하고 정
교한 표현이 가능했던 순간도 있었다. 글에 있어서도 요행
을 할 수 없는 나. 그럼에도 불안 못지않은 충동성을 타고
나 돌연 어떤 인생의 결정을 하기도 하는 나. 이런 내가 쓰

는 시, 정말로 괜찮을까.

이따금 시를 쓰기 위해 별짓을 다 한다는 착각 속에서 살지만, 궁극적으로는 별짓을 해도 무방하도록 삶이 버텨주고 있다는 걸 뼈저리게 느낀다. 내가 원하는 것. 내가 망친 것. 내가 놓지 못하는 것. 그 뒤섞임으로 그저 살아 있는 순간. 그 순간에 한 번씩 시가 찾아오는 것이라고.

반려권태

이 한 몸 하필이면 고무줄 몸매를 타고났다. 어린 시절 맹장이 터진 이후로 그 짧은 금식 기간에 강한 허기를 느껴서 그런지 몰라도 알게 모르게 식욕이 상당한 편이다. 가짜 배고픔. 그런 게 늘 있다. 마음의 허기짐이 반복되는 것인지. 스트레스를 받으면 폭식하는 잘못된 습관을 들여와서인지. 제아무리 물만 먹어도 살이 찌는 체질이라도 체질 이상의 무언가를 잘 보태는 편이다.

작년에는 끊어진 고무줄의 따끔함을 되새기며 운동을 시작해 감량을 열심히 했고 올해는 유지에 실패 중이다. 실패도 현재 진행형일 수가 있나. 제발 그것만은 막자 하는 바람으로 조만간 다시 운동에 매진할 참이다. 감량보다도 체력이 급격히 떨어져서다.

글을 쓴다고 하면, 특히나 시를 쓴다고 하면, 어째서인지 쓰는 사람의 파리한 인상을 떠올리게 되는 건 왜일까. 누구의 생각이라기보다 내 생각이다. 그런 환상이 다분하다.

뭐 시인이 육중해도 상관없지 않나? 시인은 사람이 아닌가? 능청을 떨 만큼 제 몸을 긍정하는 편도 아니다. 어쩌다 잡힌 책 행사가 있을 때면 사진이나 영상 찍히는 게 시를 읽는 일보다 더 떨린다. 제 몸에 치가 떨린다는 표현이 더 가까우려나.

어쨌든 다시 본질을 꿰뚫자면 불안과 권태를 짊어질 때 내 몸이 무거워진다는 것쯤은 안다. 하필이면 그런 때에 시와 함께 등장하려니 못 견딜 수밖에.

시에도 몸이 있다면 시가 알아서 시가 필요한 자리에 나가준다면 좋겠지만 시는 묵묵부답이다. 이럴 때 나는 내 안에 뿌리 깊게 자리한 권태감을 한탄하게 된다. 대체 왜 이렇게 권태롭고 난리야. 세상에는 행복해서 찐 살과 그렇지 않은 살이 있다는데, 나는 언제나 후자였다. 이 지긋지긋한 권태감을 뿌리치고 유지할 수 있는 적정 체중을 알고 싶다.

권태감은 주로 어디에서 오는가. 그건 모순적이게도 안

정에서 오기도 한다. 진정한 안정이라기보다는 그저 편함. 언제든 자신을 막대할 수 있는 편함에 취해 권태에 나를 버무린다. 그렇게 버무린 나는 인생의 쩌리짱이 되어 스스로 깍두기 신세를 면하지 못하는데……

이런 비유도 깍두기에게 너무한 처사 같아서 접어야겠다. 정말이지 깍두기가 얼마나 맛있는데…… 익숙한 권태감에 어울릴 만한 사물 하나 찾지 못하는 현실이 그저 애석할 따름이다.

그래서 나를 눕힌 권태는 얼마나 매혹적인가. 와신상담은 몰라도 와식상담은 어쩌면 가능할 수도 있어 나는 나를 포기할 수 없다. 언젠가 한 번은 누워서 질문을 던졌다. 어떻게 죽고 싶어? 어떻게 죽는 게 최선이야?

객사는 싫어. 병사는 싫어. 돌연사가 좋겠어. 기왕이면 단숨에. 자다가 죽는 건 어떨까? 평일이 아니면 며칠 만에 발견될까. 최초 발견자에게 너무 미안하지 않을까? 죽어서도 미안함을 느낄까? 나는 왜 이렇게 생각이 많을까. 생각이 많아서 결국엔 죽지도 못해. 죽는 순간에도 잡생각을 하느라 정신이 없겠지. 죽는다는 건 정신이 없어지는 건가? 정신이 육체를 잃고 떠도는 걸까. 어떻게 되는 걸까? 죽음, 근데 언제 와?

이런 지독한 꼬리 물기 끝에 겨우 잠이 들었는데 죽는 꿈을 꾼 게 아닌가. 죽는 꿈은 길몽이라는데. 개운한 느낌이 없어도 죽었으니 길몽은 길몽이겠지 믿어보려는 생각의 회로가 희한했다. 확실히 불안이 최대치일 때 제어판을 망가뜨리고 억지로 권태를 조장할 때도 있는 듯했는데. 그 꿈을 꾼 전후가 딱 그랬다.

일어나 지금의 권태를 노려보았다. 이럴 때는 역시 밀린 집안일을 하는 게 좋으니까. 한동안 닦지 않던 창틀이나 거울 등을 닦으면서 괜히 얼굴을 찡그려 보았다. 화나도 순둥순둥한 얼굴. 역시나 이렇게 둥글어서는 세상에 짱박히기가 힘든가. 권태라는 염증을 빼내려면 역시 제 한 몸이라도 비트는 고통이 있어야 하는 건가.

진땀 말고 구슬땀이 필요한 때. 어느 순간 권태가 찾아오면 처방전을 쓸 수 있게 됐다. 종일 누워 있어도 종일 서 있는 기분. 권태가 끊어간 진단서가 삶에 청구되면 나는 그제야 사는 둥 마는 둥 먹고 자는 기분을 잊을 수 있었다. 온몸이 오래 서서 버틴 장딴지처럼 부어 있었다.

내가 나를 따돌릴 때

유체이탈 화법을 즐긴다. 그렇게 얘기하면 내 일이 내 일이 아니게 되는 것도 아닌데. 어느 순간 중독된 화법. 이것은 화술인가.

세상엔 다양한 문제가 있는데. 해결 가능한 문제, 해결할 법한 문제, 해결할 수 없는 문제, 문제라고 생각하면 문제 등이 있다. 그래서 지금 이 문제는 어떤 문제인가 생각하다 해결할 수 없다는 판단이 들면 이제 그 화술을 쓰는 것이다.

웃으면서 내 일이 아닌 양 그 일을 말로 풀고 나면 나아지는 건 없다. 그저 말을 잘한 사람이 될 뿐. 그렇게 말할 때 정말 나를 아끼는 주변 사람들은 이렇게 운을 뗀다. 야, 너 말한번 잘했다. 이 말은 전혀 잘하지 못했다는 뜻이다.

내가 나를 따돌릴 때. 나는 나를 무시하는 방향을 택할 때가 많다. 애초에 모든 것을 성에 차게 잘할 것 같지 않은 나와 어떤 것도 도모하지 않는 것. 그것이 내가 종종 선택하는 생존 방식이다.

어떻게 자신을 따돌리는 것이 생존을 위한 처신인가. 가망이 없다기보다 욕심이 너무 많기 때문이다. 지금의 삶이 여기에 기초하지 않고 저 멀리에 기초하고 있기 때문이다. 그러니까 여기 있는 나는 나로 받아들이지 않는 거다.

그런데도 그걸 산다고 말할 수 있냐고 한다면 아직은 잘 모르겠다. 산다는 게 언제나 의미 있는 시간을 보낸다고 말할 수 없으니까. 그렇게 살고 싶지 않다는 마음이어도 제 속을 파고 또 파다 보면 알게 된다.

자기 탐험 없이는 도무지 판단할 수 없는 문제에도 쉽게 결정 내린다. 지금은 그럴 때가 아니라든가. 그건 나와 어울리지 않는다든가. 해보기도 전에 판단하는 일들. 그래서 인생의 대부분 내렸던 결정이 진짜 신중하게 내린 결정이 아니다. 무언가에 관심 없다거나 무언가를 안 하겠다는 결정은 특히나.

아주 큰 산을 두고 등반한다는 건 정복일까. 정복은 불가

능하다. 살아서 그 산을 오르내리려면 그 산에 순응해야 한
다. 대자연에 순응하는 것처럼. 아주 큰 문제는 순응이 우선
이다. 산을 직접 오르지 않고 또 넘지 않아도 산을 받아들인
것 자체가 문제를 해결한 것이다.

그때부터는 귀신이 곡할 소리를 안 하게 된다. 억울하지
도 않고 괜한 소리도 안 하게 된다. 살아가는 것이 해결이라
는 지점에 도달하지는 못했지만, 이만한 수용이 있기까지
얼마나 괴로웠나. 이렇게 말하니 마치 해탈의 경지에 도달
한 것 같지만 전혀 아니다. 그러나 살아가는 게 고통이라는
것에는 이견이 없다. 그저 이 삶에 이견이 없는 사람이 된
것뿐.

속상할 땐 귀신 놀이가 좋다. 유체이탈 화법과는 다른 놀
이다. 어린 시절 머리부터 이불을 뒤집어 쓴 채 웃으며 방을
헤매야 했던 그 놀이처럼. 혼자 있는 방에서도 잠시 이불 속
에서 숨 고르며 눈물 훔칠 시간은 필요하다. 다음 날 보이지
않는 이불을 쓰고 돌아다니며 주변에 귀 기울일 시간도.

세상 웃으며 도망치는 소리 듣기. 앞이 안 보여 마구 휘젓
고 다니기. 그러다 무언가에 닿는다. 몸부림치는 것. 살아
있는 것이다.

유카, 실유카

소문처럼 무성한 꽃말을 지녔어

그중에서 가장 좋은 뜻을 골라보라고
이 삶이 손처럼 왔나

손에 대한 형식을
죽을 때까지 다 익힐 수 있을까

나는 맨손으로 하는 설거지가 좋다

하루는 밤거리에서 사진 찍는 사람을 봤다

달이 예쁜가 했는데 셀카를 찍는 거였다

그 손의 각도
어떻게 봐도 어색하지 않았고
낮에 본 유카 여전히 피어 있었네

유카, 실유카
실이 보인다면

실은 어떻게 시들까
생각한 적 있었네

살 꿰매는 꿈
거기서 진 흥으로
또 하루

여기서 긴 손톱

새로 쓰는 미덕

나는 나. 너는 너. 내 상황이 이렇더라도 그것과 상관없이 나는 너를 응원해. 그런 자세가 인간에게 가능할까. 속에 꼬인 거 하나 없는 사람이라면 아마도 가능할 수도 있겠다. 나는 꽈배기 장인이다. 그렇게 태어났다. 근데 이제 그냥 꽈배기가 아니라 겉에 설탕을 뿌린 꽈배기. 그런 꽈배기라면 말이 좀 달라진다.

최근에 그런 말을 들었다. 너는 가까운 사람보다 오히려 거리가 먼 사람한테 친절한 것 같아. 최근에 처음 들은 말은 아니다. 나도 잘 알고 있다. 가까워지면 오히려 무심해지고 퉁명스러워지는 나의 안타까운 처사를 말이다.

그렇다면 생각도 해봤을 것이다. 나는 대체 왜 이런 것일까. 왜 가까운 사람을 더 소중히 대하지 않는가. 소중히 여기는 것과는 좀 다른 문제라고 해두고 싶다. 곁에 남은 인연 모두 소중하다. 소중한데 그 마음과 달리 살가운 행동이 서툰 이유는 일체감을 바라는 욕심 때문일 수도 있겠다.

말하지 않아도 아는 그런 사이. 초코파이 같은 사이. 그런 정이 있는 인연이면 문제가 없다고 여겼다. 하지만 말을 안 하면 누가 알겠나. 하지만 애석하게도 이십 대 내내 알아주길 바랐다. 그로부터도 시간이 흐른 삼십 대에 접어들어서도 그런 일말의 기대가 있었다. 완전히 같지는 않아도 비슷한 마음의 결을 갖는 게 내가 바라는 인간관계의 이상향이었다.

하지만 사람은 다르고, 사람마다 원하는 인간관계의 모습도 다르다. 그도 그럴 것이 저마다 유년기부터 쌓아온 갈증이 다르기 때문이다. 우선 나만 두고 보자면 나는 상당한 갈증이 있다. 그리고 그 갈증 한가운데 미덕이라고 배운 게 있다.

아름답고 갸륵한 덕행. 나에게 그걸 겸손이라고 알려준 부모님. 이제는 겸손이 미덕이 아니라는데. 아직도 겸손이 한국의 미덕인지 묻고 싶다.

최근에 이런 일이 있었다. 내가 A라는 문제에 빠져 있을 때. A라는 문제를 밝힌 가운데. 나와 비슷한 경험을 앞두고 있던 친구가 자신은 그런 문제를 겪을 일 없다는 듯 말했다. 꼭 나를 의식하고 한 말은 아니고, 자신의 미래에 대한 긍정이었지만 의아해졌다. 왜 하필 이 타이밍에 얘기가 그렇게 넘어가는 건가. 내 애길 듣긴 한 건가. 그때 내가 했던 말은 겸손하라는 충고였다. 나도 안 됐으니 너도 안 될 거라는 저주는 아니었지만, 친구 입장에서는 뭐 저렇게까지 말하나 싶은 당황스러운 흐름이었다.

그 말을 들은 친구는 말했다. 나는 그때 네가 이렇게 악했나 싶더라니까. 악하다는 말에 꽂힌 나는 여지없이 내가 그렇게 말할 수밖에 없는 내 입장을 피력했다. 아니, 너는 친구가 그런 상황이라는데 어떻게 그 앞에서 아무리 자신의 이야기라도 그렇게 이야기할 수 있어?

그 말을 듣던 친구는 왜 감정을 나한테 푸냐고 했다. 듣고 보니 틀린 말은 아니라도 서운하긴 했다. 나라면 안 그랬을 것 같으니까. 어쩜 우리 각자 자기 식대로 자기만 아는 거냐는 결론으로 돌아와 보니 모든 게 부질없고 웃기긴

했다.

결국 내가 바로 서지 않아서 생긴 문제. 나는 나. 너는 너. 정말로 이 마음으로 단정해지면 인간관계 서운하고 말고 할 것도 없어지는 걸까. 매끄러워지는 건 정말로 좋은 걸까. 나는 친구의 단호함이 여전히 익숙하지 않다. 그럼 거기서 연기라도 했어야 맞는 거냐는 물음이 얼마간 떠나지 않다가 모든 게 투정이었음을 받아들이기로 했다.

그토록 의연한 척 세상 겸손하자고 했으면서 어째서 그런 투정을 부렸을까. 갑자기 마음이 무거워졌다. 아직도 애 같다. 이런 면에서 상당히 손이 많이 가는 사람인데 이제는 손 뻗어주는 사람 만나는 일도 드물다. 살면서 아예 없을지도 모르고. 그럼 이대로 그냥 방치된 채 자란 어른일 뿐인 건가.

또 굴을 파고들던 와중에 꿈을 꿨다. 실제로 땅을 파고 들어가는 꿈이었다. 날은 어둑어둑하고 파면 팔수록 어두워지는 와중에 하얀 실금 같은 게 손에 닿았다. 나무뿌리였다. 허리를 펴고 고개를 들어보니 너무도 의젓한 나무가 달빛 아래 잎이 잔뜩 달린 가지를 내리고 있었다. 내 쪽으로.

그 꿈을 꾸고 일어난 아침에 비몽사몽 휴대폰에 메모를 남겼다. 겸손 이상의 겸허함. 그리고 그날 저녁 돌아와 짤막

한 메모를 덧붙일 수 있었다.

내가 받은 교육처럼 남에게 겸손을 강요할 게 아니었다. 그저 스스로 겸허해지면 될 일이었다.

다음 날, 그 다음 날에도 일부러 꿈에 나왔던 나무와 비슷한 나무가 서 있는 공원 어귀를 돌고 왔다. 안으려고 하면 다 안아지지 않는 나무였다. 나무는 단지 온몸으로, 온통 품은 모습으로 서 있었다.

행복하중

지하철 타고 약속 장소로 가는 길. 출입문 쪽에 붙은 광고에 눈이 닿았다. "생활 · 자연 · 미래까지 시흥에서 시작, 행복하중"이라는 광고 문구 아래 큐브 같은 아파트 그림이 붙어 있었다. 신혼희망타운 공공분양. 시흥하중이라는 신도시가 새로 생긴 모양이다.

하중. 하중이라. 행복과 하중의 조합이라. 사자성어처럼 놓인 그 문구를 보니 문득 행복에 하중이 있다면 몇 kg일까 싶었다. 내가 원하는 행복의 하중은?

일본에서 잠시 입국한 친구의 다가오는 생일도 기념할 겸 오랜만에 모인 다섯 사람. 같은 대학 같은 학과 동기인 우리 중 어느덧 기혼자가 둘이다. 나는 과반수에 속한 채 살고 있다. 사회가 정한 기준은 모르겠고, 적어도 우리 중에선 평균적인 삶을 살고 있다. 근데 참 평균적인 삶이라는 말은 언제 들어도 웃기다.

아무튼 와중에 먼저 결혼한 두 친구의 결혼식에서 축사와 축시를 자처해서 하기도 했다. 결혼 경험이 없어도 결혼 축하는 충분히 할 수 있으니까. 두 번 모두 두 친구보다도 떨리는 모습으로 서 있던 몇 분이 주어졌다. 소중한 이의 경사를 망치면 안 된다는 긴장감으로 하루를 보내고 나면 뿌듯한 만큼 헛헛함도 밀려오곤 했다.

친구의 행복과는 별개로 안정적인 삶이란 역시 둘이 하나 되는 과정인가 하는 생각에 골몰하게 되었다. 가까운 사람들의 살아가는 풍경이 바뀐다는 것은 나를 둘러싼 풍경에도 또 다른 그러데이션이 생긴다는 것이니 이런저런 생각이 드는 것은 당연한 이치였다.

누군가를 만나고 있거나 누군가와 사는 친구들은 모든 현재와 미래에 그 누군가가 함께다. 대화할 때도 축구 경기 자막으로 뜨는 볼 점유율처럼 그 누군가를 볼처럼 지키며 나아간다. 그런 점에서 나는 헛발질의 귀재인데 가끔 농담조로 했던 이야기까지 뭉쳐져 친구들 뇌리에 안정을 반기지 않는 사람으로 박혀 있는 듯하다.

나도 세로토닌 좋아해. 이렇게 고백해도 친구들은 안 믿을 것 같다. 근데 이제 정말 세로토닌이 활성화된 삶을 살고 싶다. 꼭 둘이어야만 가능한 삶은 아니니까. 그래서 뭘 해야 행복하고 뭘 하지 않아야 행복한 혼자인가 한다면 가령 이런 것들이다.

구름 뜬 날 구름 모양 지켜보기. 산책하기. 방 안에서 춤추기. 아침에 올리브유 한 큰술 삼키기. 정말 고된 퇴근길 맥주 한 캔. 손톱 발톱 단정히 하기. 안 쓰는 물건 정리하기. 나를 위해 장보고 요리하기. 좋아하는 영화와 드라마 보기. 좋은 음악 디깅. 궁금한 전시 관람하기. 밀린 집안일 하고 기지개 켜기. 피곤한 날 반신욕. 침대에 누워서 림프선 마사지. 흥얼거리거나 명상하기……

그 외 사소한 일상의 디테일을 아무에게도 공개하지 않는 일기장에 남길 수 있다면 그 하루는 온전함 100%로 남는다.

누군가와 문득 공유하고 싶은 것들이 있을 때 누군가가 없다고 해서 허전함을 느낄 수는 있다. 그렇다고 해서 그 허전함에 골몰하면 모든 게 무의미하다는 생각의 결론으로 도달할 수 있어 주의해야 한다. 그럴 때일수록 오히려 내가 지금의 좋은 것을 조금 더 세세히 기억할 수 있는 노력을 기울이려고 한다.

이제까지 누군가와 함께했던 일상이 망했던 이유는 디테일이 부족했기 때문이다. 다시 말해 성의 없는 일상이 계속될수록 둘이 해서 안 좋게 흘러가는 시간이 많았으니 이제는 그런 과오를 좀 덜었으면 싶다.

언제 올지 모르는 그 행복을 위해 지금의 행복하중을 조금 더 많이 가져가는 방향으로. 그래서 지금의 행복하중은 몇 kg인가 누군가 묻는다면 3대 500. 그렇게 해서라도 행복의 코어를 늘릴 수만 있다면 그렇게 할 의향이 있다.

채근

퇴근하는 저녁마다 누군가 "밥은?" 하고 물어보듯 "책은?" 하고 물어봐 준다면 좋겠다. 특히나 마감 무렵에는 더욱이 그렇다. 이때의 그 간단하고 건조한 듯한 물음도 애정에 기초한다는 사실을 내가 받아들인다면 안심할 것 같다.

처음 계약했던 책 『시끄러운 건 인간들뿐』 마감 때가 떠오른다. 정확히는 마감해야 하는데 마감하지 못하고 마감을 미뤄왔던 시절. 혼자 작업하던 독립출판 시절 이상으로 마감이 쉽지 않았다. 왜 그랬냐 이유를 따져보면 잘 써야 한다는 압박이 강했던 것 같다.

그렇다고 혼자 쓰고 혼자 엮은 글을 대충 엮었다는 말이 아니지만, 누군가 제작을 해준다는 건 글이 들어가 살 집을 내어준다는 말과 같아서 부담이 여간 큰 게 아니었다. 대체 나의 뭘 믿고 이런 계약을 하는 것인가 하면 결국 글 하나를 믿고 하는 계약이기 때문에 잘 쓰지 않고서는 못 배기는 마감이었다.

그 시절 나는 역시나 또 고된 밥벌이 중이었는데 하필 써야 하는 글에 위트가 녹아 있어야 했다는 게 큰 시련이었다. 분명 계약 전에는 쓸 수 있을 것 같았는데. 계약하기 전에도 뉴스레터로 알아서 잘만 발행하던 연재 글이었는데. 뜻하지 않게 책으로 묶자는 제안을 받으니 얼떨떨한 기분으로 현실 분간 못하고 다 쓸 수 있다고 자부했다.

마감하기로 약속한 시기에 과로사의 위기를 극복하고자 퇴사하고 긴 휴식기에 돌입하며 집에서 쓴 글이 자꾸만 겉돌았다. 이렇게 쓰면 아무도 읽지 않을 거야 해도 생활이 고여 있으니 좀처럼 글에도 생기가 돌지 않았다. 정말 큰일이다 싶을 때, 편집자님께 양해 아닌 양해를 구하고 원고를 뒤집어엎기로 했다. 다시 초고를 쓰는 결정을 내리고 울며 불며 마감을 감행했다.

그 사이 두 번째 계약한 『마음 단어 수집』이 먼저 출간되는 여름을 겪고 이듬해 여름에 그렇게 애태우던 원고가 완성되었다. 아무렇게나 낼 수 없는 책이었고 그 완성의 의미를 너무나 잘 알고 있지만, 만약 조금 더 힘을 내서 원래 약속했던 날에 마감하고 책이 나왔더라면 어땠을까 하는 후회에 종종 빠진다.

지금 쓰고 있는 이 책『살아 도움닫기』는 어떨까. 이렇게 쓰고 나니 읽으시는 분들이 의아할 수도 있겠다. 쓰고 싶어서 쓰는 글이면 마감을 제때 해야 하는 거 아닌가요? 맞다. 쓰고 싶은 게 확실하면 명확하게 마감일을 준수해서 글을 완성해야 하는 게 맞다. 하지만 사람이지 않습니까!

갑자기 항변을 하게 되는 것마저도 너무나 인간적인. 마감에 있어서도 시끄러운 걸 보니 인간이 맞는가 보다. 그래서 이 책은 몇 번 내 마음속에서 요동친 것인지. 그건 사실 아무렴 상관없는 일. 왜냐면 세상에 나온 이상 읽는 사람 마음이 제일 중요하게 될 테니까.

책은 참 신기하다. "책은" 하는 발음처럼 채근해야만 나올 수 있다는 것부터가 너무나 인간적인 물성이니까. 그리고 또 거기에서 끝나는 게 아니라 억지로 쓴 책은 억지로 쓴 티가 나 아무에게도 읽히지 않는다는 게. 좀처럼 흥미롭게 읽을 수 없다는 게 너무나 인간적인 기질을 타고난 것 아닌지.

그래서 지금 쓰는 이 책은 어떤 인간적인 면모를 보여주게 될까. 낯가림이 좀 있어도 이내 자기 자리를 찾는 책일 수도 있겠다. 문제는 이걸 쓰는 사람이다. 자꾸 자기 생각을 주입한 산문집의 미래를 점치려는 게 얼마나 오만한 일인지도 모르고 기대감에 부푼다.

다 불고 묶지 못한 풍선 입구에서 나는 하찮고 피리한 바람 소리처럼. 첫 번째로 이 글을 읽어주실 결 대표님이 웃어주신다면 더할 나위가 없겠다. 마감하기로 약속된 세상 모든 책은 먼저 닿는 눈길이나 손길 없이 완성될 수 없다.

"책은?" 하는 물음을 끊임없이 던져주신, 함께 마감했던 모든 분을 떠올리며. 쓰는 매일매일 할 수 있는 한 가장 깊숙한 문장을 길어 올리는 수밖에 없다.

아무리 시가 귀해도

시를 쓰면서 시를 생각하지 않는 시간이 좋아졌다. 정말로 시를 열심히 써야만 주어지는 그 망각의 시간이 좋다. 의식하지 않고 시작하는 시간.

집중력이 현저히 떨어지는 나에게 시 쓰기만큼은 온전한 몰입을 경험하게 하는 시간의 총체이기도 하다. 그것을 써서 뭐하냐 하는 질문이나 그것을 어디에 쓰냐 하는 질문은 하나도 상관없어지는 그 시간. 하루에 얼마나 주어지냐 하면 아예 안 주어질 때도 있다.

물론 노력을 기반으로 시작하는 시간도 있어 하루에 억지로 몇 시간 시 한 줄이라도 꿰고자 허덕이는 시간이 있지만, 그걸로는 안 된다. 시는 그런 면에서 효율적이지 않고 삶의 중요한 가치들과 맞닿아 있다.

물론 경제적인 가치를 우선으로 둔 사람에게 시가 뭣도 아니라는 것은 인정이다. 시 입장에서도 그렇게 재단하며 읽거나 읽기조차 거부한 사람들을 반길 이유가 없다는 것도. 그래서 시는 귀한 거냐 묻는다면 나한테는 한없이 그렇다.

어느 날 동인 모임을 함께하는 친구가 물었다. "시가 삶보다 중요해?" 내 대답은 "삶이 중요하지"였다.

아무리 시가 귀해도 삶보다 중요할 순 없다. 삶 나고 시 났으니까. 그런 점에서 삶에 밀착하거나 삶을 투영한 시는 그 자체로 건드릴 수 없이 완고하다. 발표한 시들 중 사람들에게 깊이 읽힌 시들은 대부분 그 지점에 제대로 기여한 시들이었다.

감각적인 기술. 창의적인 이미지. 그런 것들도 중요한데 삶 없이는 도통 시를 완성할 수 없다. 시가 삶의 본령이라면 적어도 그 삶을 통과하는 나라는 본체가 어느 정도 박살나야 산란하는 아름다움이 있다.

그 어긋남. 그 균열. 그 찢김. 그 고통. 그 산산조각. 그 찔림. 어느 때는 정말 스스로 피를 보지 않고서는 시를 쓸 수 없겠다는 느낌이 드는데 그게 그렇게 지나친 자각은 아닌 듯하다. 흔히 말하는 문학병과는 조금 다른 느낌의 자각으로, 이렇게 해도 저렇게 해도 견딜 수 없는 삶을 버텨낼 때는 항상 곁에 시가 있었던 것 같다.

떠올려보면 가장 고통스러운데 그 통점 없이는 분간할 수 없는 시간 한가운데에서 언제나 늘 고립될 위기가 있었다. 등단작 「top note」가 그랬고 첫 시집 제목을 길어 올린 마지막 놓인 시 「인부의 말」이 그랬다.

두 편의 시는 짧은 간격을 두고 써졌다. 첫 시집 원고로 묶이기 전, 데뷔 초창기 발표했던 시들이다. 같은 삶의 통점을 찌르는 두 시에는 어떠한 울분이 있다기보다 한바탕 엄청난 해일을 겪은 가택의 모습이 잠들어 있다.

잃어버린 소중한 시절의 사진들. 잔뜩 울어 있는 앨범이 물먹은 집기들과 뒹굴고 뭐라도 건져보려는 한 사람이 있는 그런 시집. 그런 이미지를 시집에 심어 두었다기보단 그런 이미지가 자연히 깃들어 있다고 믿는 어떤 마음. 그조차도 자기 위안일까 두렵다.

그런 면에서 두 번째 시집은 조금 더 무섭다. 잘 쓰고 못 쓰고의 문제가 아니다. 사느냐 죽느냐의 문제일 수도 있으니. 도무지 안일하게 생각할 수가 없다.

다행인지 불행인지 아직 먼저 닿은 기별은 없다. 시에서도, 삶에서도. 삶이 가는 방향대로 시도 갈 것이다. 쉼보르스카 말마따나 두 번은 없을 테니. 두 번째, 세 번째 시집에 실려 나올 시들도 그저 처음이다.

이 삶을 살아가므로 이 시도 쓸 수 있다 여길 수 있는 시가 시집을 채우길. 바라지 않아도 결국엔 그렇게 될 것이다.

부들부들,
삶은 리버서블

시늉론자

자다 깬다. 자다 깼다는 표현이 더 정확하려나. 잠이라는 거대한 가마에 들어가 무의식의 화염 속에서 몇 시간. 눈을 뜨면 현실이라는 장인이 던진 도자처럼 깨져 있다. 어쩌면 이 깨짐이 좋아 에고ego 박살에 중독된 채 살고 있는지도 모른다.

실은 잘 안다. 이 인생 출품 시기는 죽음에 맞닿아 있음을.

세상 다 안다 세상 빤하다 여기는 내가 현실의 도예가 성에 찰 리 없다. 매일매일 꾸준한 세상을 존경할 줄 모르고 성급함에 펄펄 날뛸 때가 많다. 대기만성형 인재. 이렇게 빠른 세상은 안 사요. 나를 덩이째 받치고 있는 이 물레의 속도. 전혀 느리지 않다. 빠르기로는 뒤지지 않는다. 그래서 세상이 잠시 딴생각에 빠져 손이라도 잘못 놀렸다간 대칭은커녕 원치 않는 모양에 도달한다.

오늘 밤 가마에 들어갈 나는 달항아리 모조품이다. 부드럽고 여유 있는 이 둥근 모양을 좀 보세요. 가짜 같죠? 말이 안 되죠? 그래서 진짜인 게 뭐 그리 중요합니까. SNS에 올려두는 단정한 자랑처럼. 나라는 사람 정말로 자랑 하나 남겨 하트 하나라도 더 받아내려는 관심종자. 때문에 순탄치 않은 세상과 원만한 합의를 끝낸 척 포토라인에 선 정치인 같다.

패션야구라도 하듯 유행하는 세상의 쏠림을 응원하는 척 인증하는 삶. 사실 난 그런 거 너무 싫다니까? 그렇게 얕은 마음으로 뭘 한다고 하며 혀를 차도 여기서만큼은 솔직히 말해본다.

"솔직히 다 부러워."

누군가 좋은 환경에서 태어나고 자란 것도. 누군가 공부를 잘하는 것도. 누군가 유학을 가는 것도. 누군가 운동을 잘하는 것도. 누군가 자기 분야에서 일등인 것도. 누군가 건강한 것도. 누군가 사랑하는 것도. 누군가 좋은 집에 사는 것도. 누군가 좋은 차를 몰고 다니는 것도. 누군가 때마다 휴가를 즐기고 여행을 다니는 것도. 누군가 돈이 많은 것도. 누군가 평생 함께하자고 약속할 사람을 만나는 것도. 누군가 강아지와 고양이와 사는 것도. 누군가 아이를 낳고 키우는 것도……

그리고 정말로 누군가는 누군가의 삶과 상관없이 의연하게 사는 것도.

내가 아닌 누군가의 빛에 치대다 마른 지점토처럼 갈라진 경험이 너무 많아서 그저 부끄러울 뿐이다. 다들 어떻게 그렇게 잘나고 잘하고 그러는지. 나도 누군가가 부러워할 부분이 있기는 한 건지. 있어도 전혀 채워지지 않을 이 공허함은 어떤 허황인지. 그래도 좀 나아진 건 애써 부정하지 않고 부럽다 얘기할 수 있을 정도로 예전처럼 배배 꼬이진 않았다는 거다.

몇 해 전 서울시립미술관에서 본 전시 〈구본창의 항해〉가 생각난다. 1층 수집품으로 시작해 2층 달항아리 사진으로 끝나는 그 회고전을 보면서 생전 회고전은 작가 자신에게 어떤 의미로 다가오려나 궁금했다.

예술도, 생활도 왜 거대한 흐름을 벗어날 수 없는 것일까. 매일 깨지고 다시 돌아가는 존재로서 내가 파악한 거대한 흐름이란 젊을 땐 이리저리 눈을 돌려 빛나는 길이 있고, 조금 더 지났을 땐 이도 저도 아닌 느낌에 돌연 눈을 부릅뜨게 되는 자기만의 방이 있고, 세월 타고 성숙해졌을 땐 모든 것을 비워두는 마음의 울림이 있다는 거.

이토록 오밀조밀한 수집품들을 그러모으던 사람이 도달한 달항아리처럼. 무늬가 없고 단순한 형태로 비어 가는 것. 이 삶과 공명하려면 결국 어떠한 시늉을 끝내고 마음을 단출하게 만드는 과정이 필요하다.

그걸 아는 사람이 근데 늘 그런다. 아마도 한동안 시늉은 계속될 것이다. 의식 있는 척. 깨어 있는 척. 남들만치 그럭저럭 살아가는 척.

깨지고 돌아가는 와중에 소장하기보다 기증하고 싶은 마음이 드는 때가 오기를. 그때가 된다면 온갖 악착으로부터 자유로워진 모습으로 긴 꿈을 실처럼 풀어내고 싶다.

엉키면 엉키는 대로 실뭉치를 반죽하면서.

싸잡아 말하는 버릇

우리라는 말을 마음 놓고 써본 게 언제였더라. 시에서도 생활에서도 그 말을 쓰기 점점 어려워지는 까닭은 분명 있었다.

우리라는 말을 본격적으로 어려워하게 된 건 중학생 때였다. 그 시절 반에서 가까워진 한 아이는 우리라는 말을 참 잘 썼다. 잘 쓰긴 했으나 잘 쓰진 못했다는 게 문제였다. 그 아이가 우리라는 말을 쓸 때는 가령 이런 말을 쓸 때였다.

"그러니까 우리 같은 애들은 애초에 안 된다니까……"

나도 그 우리 중 하나였다. 그 시절 그 아이에게 그 비슷한 말을 들은 아이들이 꽤 있었다. 그중에는 듣다가 화를 내는 아이도 있었다. 처음에는 당황스럽다가 조금씩 반감이 생기다가 하도 꺼내 던지는 우리라는 그물에 넌더리가 났다. 겉으로 화낸 적은 없으나 자신을 낮추는 듯하면서도 함께 끌어내리는 그 아이의 말에 질려버려 이내 멀어졌다.

그 말을 쓰던 사람과는 멀어졌는데 그 말과는 분리되지 못한 채 나이만 먹었다. 오래전 물들어 나도 모르게 그 부정적인 그물을 치려들 때가 있다. 어쩐지 스스로 성에 안 찰 때가 그렇다. 그러다가 무심코 옆에 있는 사람의 자존감마저 벌목하려 들 때가 있다. 비슷한 환경에 놓였다는 이유만으로 섣불리 절망을 말해버릴 때가 있다.

그 흐름을 끊기 위해 나는 내가 의식적으로 우리라는 말을 끊은 것이라 짐작했다. 우리라는 말에 대한 긍정적인 경험을 쌓지 못한 결과일 수도 있겠다고. 제아무리 긍정적인 뜻을 담아 누군가가, 혹은 누군가를 우리라고 호명해도 이상한 거부감이 들었다. 어쩐지 뭐든 미리미리 모든 가능성으로부터 내가 나를 소외하는 느낌이 강했다. 기대가 없으면 실망도 없다는 이유로 말이다.

그렇다고 해서 먼저 절망할 필요까지 있었을까? 그것도 일종의 생존법이었나 싶지만, 그 일로 죽인 시간이 얼마인가 따지기 시작하면 골이 아프다. 내재화된 절망 속에서 자주 부정적이라는 소리를 듣기도 했다. 그럴 때면 이상하게 더 기운이 빠졌다. 내가 그렇다는 사실을 겸허히 받아들이는 모양새로. 하지만 그 모든 수렴은 더 기운이 나빠지게 하는 관성일 뿐. 어떻게 하면 극복할 수 있을까.

에너지가 떨어지면 그 즉시 절망의 차단기를 내리기 바빴다. 그러니까 나 같은 애는 애초에 안 된다고. 그런 생각에 빠지다가도 이마를 찰싹 칠 수 있었던 건 순전히 시 덕분이다.

시만 읽으면 이상하게 마음이 놓였다. 시를 쓰는 일도 도움이 됐지만, 대체로 읽어야만 살아났다. 우리를 쓰는 일은 현실처럼 아주 드물었지만, 우리를 읽는 일은 조금도 거북한 구석이 없었다. 시라는 건 참 신기했다.

가장 좋아하는 시인의 시집에서 가장 많이 등장하는 말은 우리였다. 그 우리는 어떠한 배제도 없었다. 어떻게 그럴 수 있을까. 이유는 명료했다. 억지가 없다는 것. 자연스러움으로 추동하는 세계 안에서 우리라는 말은 거추장스러움 없이 번영하고 있었다.

그 말 속에서 끌려다닌다거나 묶여 있다는 감각 없이 함께 유기적으로 움직였다. 빛이나 어둠, 물과 향, 그 무엇이

스미듯 그 자체로 달라지지 않는 본질 속에서 다양하게 읽힐 가능성은 남겨놓듯. 그 말은 확실해 보였다.

누구 하나 다쳐도 이상하지 않은 닫힌 말이 아니었다. 그 말을 보는 순간 내가 겁냈던 우리라는 말은 가짜였다는 걸 깨달았다. 가짜에 겁내느라 진짜 그 말을 쓰지 못한 날들 속에서 졸아든 진심을 들여다보며 쓰고 싶어졌다.

약속이나 다짐보다는 우리라는 상태를 진맥하듯. 조용히 염원하고 싶은 건강이 있다. 어떤 형태로든 가능하다. 각자의 상황과 입장에 맞게 조금 더 살게 하는 일에 대해서는 여과 없이 우리라는 말을 쓰고 싶다.

그 모든 게 우리니까.

유머 있다는 착각

스탠딩 코미디 공연을 보러 다니는 친구가 많아졌다. 따라가 본 적은 없지만 하나의 공연예술로서 코미디가 지니는 긍정성은 확실히 알겠다. 양질의 웃음은 확실히 삶에 도움이 된다.

좋은 웃음이란 뭘까. 좋은 시를 찾는 일만큼 나에게는 가치 있는 일이지 않을까. 기왕이면 즐겁게 살고 싶으니까.

남을 웃기는 일. 말하자면 남을 즐겁게 하는 일. 쉽지 않다. 이 말은 코미디를 하는 사람이 하는 말이기도 하고, 코미디를 하는 사람을 두고도 할 수 있는 말이다. 보통 일이 아니라고들 하지만 그게 보통 일일 때 더 멋진 일 같기도 하다. 상황과 맥락을 잘 읽어낸 코미디야말로 진정으로 필요한 웃음의 전도일 테니까.

하지만 세상에 그렇지 않은 웃음도 꽤 많이 있지 않은가. 타인을 놀림감 삼는 일. 그런 일로 웃다 보면 마음도 표정도 찝찝해진다. 그러나 이 또한 처음이 어렵지 두세 번 웃다 보면 중독된다.

누구 한 명은 확실히 웃을 수 없는 반복. 이런 반복을 제대로 깨뜨리는 좋은 웃음을 찾았다면 그 사람은 이 시대의 구원자다. 누가 나를 구원할 수 있을 것인가. 이럴 때일수록 안녕하세요. 제가 그 누입니다. 그렇게나마 스스로 운을 떼며 내가 나를 웃길 수 있다면 그걸로 족하다.

사실 유서 깊은 내 유머 기질은 자조로 타고났다. 친한 이의 요청도 있었다. 김민지의 자조극장 좀 써줘요.

자조. 자기 자신을 비웃는 일. 그렇다. 어쩌면 나는 그런 일에 소질이 탁월한 걸까. 누구에게도 돌릴 수 없는 화살을 나에게 쏜 탓에 그간 참 피 터지게 웃겨 왔다. 그게 꼭 아프고 괴로운 일이냐 묻는다면 꼭 그렇지만도 않았다. 나에게 자조란 꼭 축내는 일만을 의미하지 않는다.

자조는 일종의 유체이탈이다. 잠시나마 무게 없이 나라고 자신했던 하나의 덩이를 탈피하는 경험이다. 내가 그렇지 뭐. 이 말을 들으면 기운 빠진다는 사람이 분명히 있겠지만, 나는 다년간 이 말을 고도화하는 데 집중해왔다. 내가 그렇지 뭐. 지금의 나에게 이 말은 어쩔 수 없는 나를 수용하겠다는 말이다.

내가 그렇지 뭐. 이 말을 할 때는 되도록 혼자 있기. 온몸에 힘을 빼고 타령조로 리듬을 실어서 말하기. 약간의 포인트 동작도 가미하기. 그러면 이 말은 완벽한 충격흡수제로 기능한다.

나는 내가 어때야 만족스러우려나. 끝을 모르고 욕심내는 순간이 많아 스스로 자주 질리곤 했다. 이것만 해결되면 더 바라지 않겠다는 거짓말을 밥 먹듯이 해왔다. 내가 바라는 내가 너무 높이 걸려 있으므로. 장대처럼 걸려 있는 삶의 허들 앞에서 높이뛰기에 도전하려고 했다.

한동안 도약하는 기쁨에 빠져 있었다. 성취하면 그 인생은 좋은 것이라 여겼다. 그러나 번듯한 도움닫기가 놓여 있어도 마음이 무거우니 몸도 무거워졌다. 무거운 마음과 몸에 힘이 잔뜩 들어가 뒹굴며 으스러지기 딱 좋았다.

나만 아는 내상으로 높이뛰기를 관둬야 할 때가 왔음을 직감한 날. 세상 모든 게 시시해지기 시작했다. 삶이란 게 이토록 거대하고 거창한데 모든 게 한없이 시시하게 느껴질 수 있다니.

뜀뛰기 없이 인생이라니. 이제 끝인가. 설레지 않는 인생. 살아도 괜찮은 걸까. 다행인지 불행인지. 나는 맥빠진 질문이라도 붙잡고 있었다.

가만있어 보자. 이 여섯 글자는 내가 제일 자주 쓰는 말인 동시에 실천하지 못하는 말인데. 한동안 이 말에 의지할 수밖에 없었다.

내가 그렇지 뭐. 가만있어 보자. 여섯 글자에 여섯 글자를 더해 그해 일기는 다 쓴 것처럼 보내다가 깨달았다.

림보는 할 수 있잖아.

그 장대 너무 높이 걸려 있을 땐 허리 꼿꼿하게 서서 통과할 수 있고, 그 장대 한없이 낮아져 바닥 가까이 통과하기 어려워도 이토록 거대한 사람인 걸 깨달을 수 있으니 얼마나 좋아. 얼마나 좋아! 〈추노〉의 이대길. 장혁의 목청처럼 복잡다단한 마음 그러데이션 높이던 날에 휴대폰 메모장에 써두었다.

사람의 웃음기는 사람의 핏기와 같아서. 스스로 돌면서 뻗어 나가지 않으면 좀처럼 환해질 수 없다. 미쳐 돌아가는 세상에 진정한 생명력을 보여주는 사람일 것.

기가 찬 기싸움

밥벌이 중에 어딜 가든 반복해서 마주치는 유형의 사람이 있다. 기를 쓰고 기싸움 해대는 사람. 그런 사람을 보면 고개를 내젓게 된다. 일하기도 바빠 죽겠는데 뭔 놈의 기싸움인 건지 도통 이해할 수 없다. 꼭 그렇게 남을 눌러야만 속이 시원한지.

기싸움을 즐기는 사람은 남에게 꼭 꼽을 주는 방식으로 자신의 존재감을 어필한다. 그래서 본인은 얼마나 일을 잘하는가 하면 그렇지 않다. 일을 잘한다는 도취감에 한껏 빠져 있으나 정작 중요한 건 돌아보지 못한다.

이 일을 나 혼자 하는 게 차라리 낫지 하는 생각에 빠져 있는데, 이 세상 혼자 하는 일이 과연 있나? 설령 혼자 일을 하는 시간이 있어도 그 시간이 전부가 아닌데. 온통 혼자 해도 무방하다는 듯 군다. 그렇게 되는 일이면 세상에 자급자족으로 그 무엇도 교환할 일이 없을 텐데. 지켜보고 있으면 안타깝다. 때때로 이 안타까움은 나에게도 적용된다.

사람이 하는 일은 사람을 벗어날 수 없다. 그런데 번번이 질려서 벗어나고 싶은 마음에 퇴사를 택하기도 했다. 그러나 퇴사해서 혼자 일할 거리를 찾아도 또 사람들과 이야기해야 하는 일들이 생겨났다.

내가 그 돈을 받을 때 나는 왜 그만한 돈을 받는가. 그냥 단순히 스스로 그 정도 능력이 되기 때문에 받는다고 생각할 문제가 아니다. 누군가가 혹은 특정 집단이, 세상이 그 노동의 진가를 현재로서는 그렇게 생각하는 것이다. 그렇게 생각하기 때문에 그렇게 받는 것이지 정말로 값비싼 노동이 정말로 그만한 가치를 하는지는 또 다른 문제다.

아무튼 누군가 하지 못하는 일을 누군가가 대신하고, 누군가가 누군가의 시간을 산 세상에서 모두 살고 있다. 이건 부정할 수 없는 사실이다. 누구 한 사람 없다고 안 굴러갈 세상 아니지만, 분명히 어떤 사람이 어떤 일을 하는 시간이 있어 세상은 이렇게 돌아가고 있다. 그런 와중에 같은 현장에서 밥벌이로 마주친 사람들. 그 사람들은 어찌 보면 고단함을 함께하고 보람을 함께해야 하는 사람들인데. 그야말로 동료인데. 내가 내 사업체를 꾸리더라도 나의 사업을 함께 이룩해줄 동료인데. 내가 이만큼 주니까. 혹은 내게 이만큼 일이 오니까. 그래서 더 부리려는 사람과 그래서 딱 그만큼 하려는 사람들이 모여 그 틈에 그저 묵묵히 일하는 사람들만 피해를 본다.

왜 그렇게 스페셜리스트가 되고 싶어서 안달일까. 자기 커리어가 세상 전부인 양 말하는 사람에게 질려버리곤 한다. 그래서 그 커리어를 정말로 혼자로 쌓은 겁니까. 혼자 하는 사업이어도 그걸 알아보고 구매해 준 사람들의 돈은 어디에서 온 겁니까. 너머의 질문을 꺼내어 생각할 틈이 현대를 살아가는 사람들에겐 정말로 없긴 하다. 정말로 없는 걸까. 그저 안중에 없는 걸까.

오늘 내가 타고 이동한 것. 오늘 내가 시킨 택배. 오늘 내가 먹은 바깥 음식. 오늘 내가 집에서 한 요리. 그 무엇이든 누군가의 노동과 연결된 고리다. 현대의 먹이사슬은 참으로 교묘해 서로서로 우를 범하기 더욱 좋아졌다.

비슷한 일을 하는 것 같아도 서로 숙련되어 가는 영역이

다르듯 다른 사람을 존중해야만 같이 존중받을 수 있는 내가 있다. 기술의 총체를 다루듯 사회가 일하는 사람 모두를 바라봤으면 하는 마음. 그 시선으로 사회생활을 할 수 있다면.

있어빌리티의 세계

결국엔 기세야! 요즘 부쩍 도는 말이다. 기세. 기세. 들릴 때마다 공감하는 동시에 반감을 느끼게 된다. 왜냐. 내비치는 것에 자신 없기 때문이다. 어쩐지 내공을 중시해야 한다는 강박도 세서 이 모든 기세 잔치가 마뜩잖다.

스트레스 받을 걸 알면서 오디션 프로그램을 본다. 몇 해 전 비슷한 오디션 프로그램을 보며 응원했던 출연자가 나온다고 했다. 데뷔를 했지만 몇 해째 빵 하고 뜰 기색이 없어 다시 나온 모양이었다. 제작진 입장에서 그다지 신선한 캐릭터가 아니었는지 다른 출연자 무대 리액션 빼고는 모든 장면이 편집되었다. 보는 내내 속이 답답했다. 노래 부르는 것 좀 보여주면 어디가 덧나나. 노래 진짜 잘 부르는데.

실력이 좋아도 스타성이 없으면 살아남기 어렵다. 이 이야기도 어느 순간 연예계 이야기로 국한하기엔 어려운 이야기가 되었다. 각 분야 인플루언서로 살아남기. 어느 순간 대다수의 꿈이 되었다. 뭐 좀 한다는 사람일수록 인지도에 연연하게 되는 그런 세상에 살고 있다.

서로 돋보이기 위해 각축전을 벌이는 동안에도 그저 돋보이는 사람은 또 있다. 타고난 외모라든가. 타고난 스타일이라든가. 타고난 제너럴리스트의 무엇을 보여줄 수 있나.

호박에 줄 긋는다고 수박이라 할 수 없지만 조금 남다른 감각적인 호박이 될 수 있다면 뭐든 하는 사람도 많아졌다. 그게 또 흉은 아닌 시대이며 그 모든 안달복달을 생존조건으로 받아들인 세대의 일원으로서 고민된다. 정말 이렇게 인기 없어도 돼?

인기 없어 겪게 되는 설움보다는 인기 많아 겪게 되는 수난이 낫지 않겠냐는 이상한 판단까지 해버리는 까닭에 사는 게 더 고단해졌다. 그 고민할 시간에 글이나 한 편 더 쓰는 게 이롭다는 걸 알면서도. 이미 나온 책이 생각해서 뽑아주신 부수만큼 팔리지 않는 까닭에. 애초에 책은 잘 팔리는 게 아니라는 정신승리를 해도 팔리는 책은 그래도 팔려서 애써주신 눈길과 손길에 죄송스럽고 괴로운 나날.

따지고 보면 인기가 많아지고 싶은 마음이 가장 뿌리 깊은 진심은 아니다. 그저 지속하고 싶은 마음. 그 지속성을 담보하는 일부가 인기라서 더 괴로운 마음. 뭘 쓰냐가 중요하지. 뭐 그딴 고민을 하고 앉아 있어 핀잔을 가장한 위로를 주는 친구도 다 알고 있는 현실. 이 현실에서 그냥 쓰는 거. 그게 진정한 기세일 텐데.

여전히 쓰다가도 쓰고 난 다음에 해도 소용없는 고민을 하는 나를 위해 내가 내놓은 비책은 바로 이 책이 될 것이다. 그렇게 자기 암시를 거듭하며 쓴 책이 몇 권이던가.

언젠가 봤던 밸런스 게임이 기억난다. 만약 내가 아이돌이라면 대형 기획사 소속 그룹의 비인기 멤버가 될 것인가, 중소형 기획사 소속 그룹의 인기 멤버가 될 것인가. 전자는 인기 멤버가 벌어다 준 수익을 계약 기간에 N분의 1로 나눠 가진다는 메리트가 있으나 남들이 나의 그 무엇도 몰라보는 게 장단이며, 후자는 남들에게 나의 실력이나 매력이 각인되나 내가 벌어온 수익이 계약 기간에 N분의 1로 나뉜다는 게 장단이다.

그럴 때 나의 선택은 아무리 생각해도 후자 쪽으로 기울었다. 아무래도 돈보다 명예인가. 아니 그보다는 명예에 약간의 돈이 따라붙고, 인정받은 재능으로 돈을 벌 가능성이 많은 형상이 스스로 설득력 있고 좋아 보이는 거겠지.

후자를 두고 하향지원이라 할 수 있으려나. 하향지원. 그런 표현은 꽤 들었다. 고등학교 입시 때부터였을 것이다. 상대적으로 허들이 낮은 데 들어가서 높은 곳을 지향할 수 있는 인생의 전형 같은 게 있다는 듯 말하는 어른들이 있었으나 인생을 통틀어 그런 전형이 어딨는가. 뭐로 가도 바늘귀는 바늘귀다.

특히나 모두가 있어 보이고 싶은 이런 현실에서. 존재감을 여실히 뽐내고 싶은 이 사회에서. 내가 가진 이 욕망은 무엇인지 한없이 들여다보게 된다. 한없이 부끄럽지만 사실인 마음. 하등 쓸모없는 이 욕망에 휩싸여 아무것도 쓰지 못하고 있으면 오히려 다행이라는 생각도 든다. 그런 데에 마음 쓰고 글까지 쓰는 건 자신을 축내고 세상을 오염시키는 일일 테니.

그 어떤 유행을 선도할 자신도, 그 어떤 대열에 오를 자신도 없다. 솔직히 봐주지도 않고 끼워주지도 않는다. 이렇게 헛소리를 내뱉으며 욕망하고 기대할수록 진실하게 쓸

기회마저도 더 멀어져간다.

　그저 묵묵히 쓰며 나 자신만이라도 돌파하고자 싶은데 어떻게 좀 안 될까? 자가 멱살잡이가 필요한 시점이다. 내가 나를 글자 떼듯이 할 수 있다면. 가나다라마바사아차차차의 시절이다.

시절 일침

　살아가는 환경이 달라서 가까워질 수 없던 친구들을 생각한다. 살아가는 환경이 달라져서 멀어졌던 친구들을 생각한다. 그때 그 친구들과 쌓다 만 우정은 뭐였을까.

　요즘은 그런 생각이 든다. 한 시절 한 시절을 대나무 한 마디 한 마디처럼 키워 올려 그 죽대로 겨우 만든 것이 세월의 회초리라는 생각. 나는 학창시절 죽비로 손바닥을 맞았던 경험이 있다. 왜 맞았는지는 기억이 흐릿하다. 아마도 숙제를 안 해갔거나 준비물을 챙겨가지 않았거나. 떠들거나 장난쳐서 맞은 매는 아니었을 것이라는 확신뿐.

　그 마디마디 굴곡진 단단함에 어찌나 손이 쓰리고 아팠는지. 생각만 해도 또 맞은 듯하다. 한동안 멀어진 회초리였지만 템플스테이를 가면 잡생각 하지 말라고 스님이 어깨 위를 한두대 내리쳐주실 죽비는 기다렸던 것 같다. 그런 게 기다려졌다. 흘러가는 세월 앞에서 잡생각일랑 말라는 고요하고 다붓한 일침 같은 것.

한없는 잡생각. 그 중심에는 지금의 친구들이 있다. 지금의 친구들이라는 말 자체가 영 이상하긴 하지만, 지금은 친구가 맞다. 지금의 친구들 아니면 지금의 나는 아마도 온통 고인 채 썩어 있을 것이다. 내향인으로서 혼자 있는 시간에 전부를 채우는 기분이지만, 밖에 나서거나 밖을 도는 일상이 없다면 그 기분도 유효하진 않을 것이기에. 온통 귀찮은 표정으로 약속을 잡고 약속 장소에 도착해 있지만 끝날 때 보면 내가 가장 신난 얼굴이다. 이런 내향인의 괘씸죄에도 친구들은 툭하면 찾아준다.

지금의 친구들은 화두를 던진다. 그게 자기 인생의 화두일 때 우리들의 이야기는 정말 크고 깊게 번진다. 빤한 날씨 얘기를 하더라도. 하다못해 할 얘기가 없어 연예인 이야기를 하더라도. 잘 들어보면 자신의 관점이나 고민 같은 게 드러난다. 그 점에 착안해서 이야기를 나누는 걸 좋아하다 보니 어떤 대목에서 어떤 친구가 어떻게 얘기할 거 같다는 예측 같은 것도 하게 된다. 하지만 지금의 친구들에게도 변화는 있는 법. 갑자기 예측하지 못한 대화가 시작될 때. 그때가 기로다.

조금 더 가까워지거나 이대로 끝나거나. 어느 순간 누구 하나 대놓고 절교를 선언하는 일 없이 어느 순간 소원해지는 흐름에 익숙해진 나이가 됐다. 특별히 악감정을 가질 수 없다. 그럴 만한 이유도 없다. 그래서 뭐랄까 더욱더 어느 시기를 뼈아프게 그리워하는 일이 드물어지는 것 같기도 하달까.

지금이라도 그 누구와 절절한 시간을 보낸다면 지금이 언젠가 그렇게 되겠지만, 현재로서는 뼈아프게 그립진 않다. 그저 아련한 시기는 있지만 말이다. 현재의 인연만큼 현재로서 가장 깊은 인연은 없다. 언젠가 사무칠 인연이 분명하다.

후렴의 일부

전주의 한 음만 듣고 노래 제목을 맞추는 게임이 예능 프로그램에서 유행이다. 친구들끼리도 한 적이 있다. 유행가는 이렇게 도입부터 익숙하구나 싶었다. 시작부터 전율이 흐르거나 뇌리를 스치는 한 음을 가진다는 것. 인생에 그런 사건이 있다는 것. 그런 한 음이 많은 사람일수록 행복하려나. 적어도 흥얼거린다는 게 노래의 본질이니까. 그 한 음에 엮인 사건들은 좋든 싫든 기억에 각인된 것이겠지.

요즘은 시간이 어떻게 가는지 모르겠다. 특별한 이벤트가 많지 않다 보니 각별하게 새겨지는 날들이 몇 없다. 고만고만한 일들만 반복되는데 그다지 흥이 나지 않는다. 이런 반복은 후렴이 될 수 없는 걸까. 후렴이 될 만한 반복은 무엇일까. 착 감기는 후렴을 갖기가 이렇게 어려운 일일 줄이야.

하루는 카페에 앉아서 특별히 뭐 하는 것 없이 음료를 홀짝였다. 바쁜 하루라면 바쁜 하루였다. 정말 바쁠 때는 두 손 두 발을 들게 된다. 아무것도 못 한 채 한숨만 나온다. 그 하루에 카페에서 음료나 홀짝이고 있으니 남들이 보기엔 영락없는 한량이었을 테지만, 이대로 집으로 가는 길에 차에 치여 죽어도 미련 없다 싶을 만큼 영혼 없고 번아웃된 상태였다.

그 시간 그 공간에서 모르는 노래가 흘러나왔다. 모르는 노래를 귀 기울여서 들어본 적이 언제였더라. 흐리멍덩한 얼굴로 흘러나오는 노래를 그저 들었다. 전주. 1절. 간주. 2절. 끝날 때까지 들었을 때 적어도 그 노래의 후렴은 있다는 사실은 알 수 있었다. 그러나 카페를 나온 후부터 새까맣게 그 노래를 잊었다.

어떤 멜로디였는지. 어떤 가사였는지. 그래도 노래라는 것은 알 수 있었고, 후렴이 있다는 건 알 수 있었으니 기억한다고 말해야 하나. 어쩌면 꼭 요즘 사는 날들 같잖아?

집에 가는 길 버스에서 라디오가 흘러나왔다. 그러고 보니 라디오도 주파수와 콘텐츠가 달라도 시간대별로 DJ 목소리에 텐션이라는 게 약속한 듯 맞춰져 있지 않나. 아침에는 상쾌하게, 정오에는 조금 더 활력 돋게, 오후 두세 시쯤엔 잠이 깨질 만큼 왁자지껄하게, 저녁에는 차분하게, 새벽에는 고요하게.

이렇게 살아가는 하루하루가 쌓여서. 이렇게 아무일 없는 하루하루가 모여서 삶의 후렴으로 남는다면 그건 또 어떤 선율일지. 패턴화된 일상을 산다는 게 어쩌면 나쁘지 않겠다. 어떤 사람의 삶은 맑고 고운 목소리로 부른 동요 같을까.

아무리 생각해도 이 삶은 고속도로 메들리 같다. 어딘가 요란하고 실제 원곡 가수보다 그 노래를 더 많이 부른 모창 가수처럼 인에 박힌 부분이 확실히 있으니까. 히트곡 하나쯤 갖는 게 이렇게 어렵나. 막상 히트곡 있는 가수들은 그거 하나를 벗어나려고 아등바등 애를 쓴다지만, 히트곡 하나만 있어도 먹고살 길이 트이는데. 나름의 명예도 있고.

그런 시답잖은 생각을 하면서 사람 가득한 버스 안을 둘러보았다. 저마다의 가방에서 흔들거리는 저 키링들. 요즘엔 안 매달고 다니는 사람이 더 적다. 저 작은 소지품 하나가 사람들이 평소 못다 춘 춤을 다 추고 있다고 생각하니 웃음이 났다.

어째서 이렇게 혼신을 다해 저 키링들은 사람들 대신 세상을 향한 댄스 신고식을 대신해주고 있는가. 너무 귀엽고 너무 애처로운 하루하루. 그중에서도 각이 잡힌 회사원용 백팩에 매달려 있는 키링을 볼 때면 유독 기특해 보인다. 어두운 저 가방을 지키려고 지금 저렇게 혼신의 댄스를 추고 있다니.

나에게도 혼신의 댄스 요정이 있다. 노트북을 넣어 다니는 너부데데한 백팩에 매달린 마이 스윗 피아노. 마이멜로디의 친구이자 시 짓기가 취미인 친구다. 그 친구도 백팩을 메고 등 뒤로 우산을 펼쳐 하늘을 날아다닐 때가 있다. 키보드 연주에 소질이 있는 그 친구와 외출해서 시 한 편 쓰고 돌아오는 길에는 그저 그런 여러 날이 모여 떼창을 하는 자리에 있다 온 것만 같다.

펍 선데이

잠시 담배 피우러 다녀오겠습니다
조용한 사장님이 조용히 벽면에 빔을 쏘던 그 가게

사장님 어디서 새로 공간 열면 꼭 알려주세요
친구들과 마지막 인사 전했던 날

내심 좋아하는 마음이 도움 안 된다는 걸 알았는데
여전히 내심 좋아하는 게 많아

더 알려지면 곤란하다고 생각했던 것들을
더없이 곤란하게 만들어

나는 뭐든 망하게 하려고 태어났나

정말로 좋아하면 스스로 망하는 기분이 들고
이내 망해도 좋다는 생각이 든다는데
난 여전히 망하기 싫은가 봐

문을 열면
어떻게 알고 찾아 왔나 싶은 사람들이 있던 그 가게처럼

이쯤 아니면 그쯤
발길 닿는 우연으로
내 마음 아직 들썩일 때

망할 수 있다는 희망을
입담배처럼 시작할 때

미안해요

사과 중독이다.

사과를 너무 자주 하면 어떤 일이 벌어지는가.

사과가 맹탕이 된다. 사과 맛이 안 나는 사과. 사과할 맛이 안 나는 사과. 정말로 사과를 해야 하는 때는 어느 때인가.

미안. 죄송. 송구. 또 뭐 있더라. 죽을 죄를 지었습니다.

가장 좋은 건 죽을죄를 짓지 않는 것이다. 진짜 죽을죄를 지었을 때는 죽어야 마땅하겠지만, 사과부터 하긴 해야 할 것이다. 죽을죄를 지은 사람의 사과 없는 죽음은 중죄 중 중죄일 테니.

그래서 나는 어떤 때 사과하는가. 그토록 건강에 좋다는 아침 사과도 챙겨 먹지 못하는 내가 밥 먹듯이 사과를 하니 어떻겠는가. 전혀 과학적인 근거는 없지만, 그러니 건강이 안 좋아진다. 사과할 이유가 없는데 사과하는 사람. 어쩐지 자신 없는 느낌이며, 어쩐지 막 대하는 사람이 많아지는 느낌이다. 기분 탓일까?

부탁을 받으면 사과한다. 거절의 의미로 사과를 한다. 부탁할 때도 사과한다. 애초에 들어주기 힘들 거라는 걸 아니까 사과부터 하는 전략이다. 이 전략적이지 않은 전략을 왜 끊지 못하는가. 물론 부탁할 일을 거의 만들지 않는 것으로 미안할 짓을 덜고 사과할 에너지를 아끼는 편이지만, 그래도 사과를 너무 많이 한다.

식당에서 주문할 때도, 가게에서 물건을 찾을 때도, 당연히 해야 하는 일에 관해 문의할 때도, 그러니까 하지 않아도 될 때도 남발한다.

"죄송한데"로 시작하는 모든 이야기를 종결하고 싶다. 그냥 했어도 될 이야기였으니까. 죄송할 말을 하는 것에 반감이 있으면서 계속하게 된 건 순전히 직장 탓이다. 말하자면 늘 큰 회사의 부탁을 들어주면서도 부탁하는 것 같은 작은 회사의 일을 맡아 왔기 때문이다.

우리말로 대행사. 몇몇 프로젝트는 하청의 형태일 때도

있었다. 큰 회사가 맡은 일의 전부나 일부를 다시 제삼자로서 맡는 노동의 형태.

그래서 일정 조율 같은 건 없었다. 있어도 없는 거나 다름없었다. 늘 일정에 쫓겨 야근이 일상이거나 주말 근무를 해야 할 때도 있었다. 애초에 그 큰 회사 사람들이 알아서 미루지 않고 할 수 있는 일이거나 차근차근 천천히 할 수 있는 일이라면 밖에 맡겼을 리 없다.

그리고 이렇게 맡겨진 일 없이는 나도 살아갈 수는 없으니까. 그래. 해야지. 어쩌겠어. 해야지. 그렇게 되뇌어서라도 해낼 수 있다면 꽤 굳건한 상태인데 그렇지 않을 때가 많아서. 이렇게 사는 게 스스로한테 죄인 것 같아서. 그 죄책감이 쌓여서. 억누르다 보니 터져 나온 게 사과였다.

사실 타인한테 하고 있던 사과는 어쩐지 낮아진 자존감을 둘러싼 완충재. 완충재인 척하는 양이 적어진 봉지 과자 속 질소 같은 게 아니었을까 하는 생각이 들었다.

함께 일하는 사람들도, 좋아하는 친구들도, 사랑하는 연인도 툭하면 얘기했다. 뭐가 미안해. 뭐가 그렇게 죄송해.

이렇게 사는 게 송구하다고 하면 이해되려나. 내심 알고는 있었다. 이렇게 사는 것도 감지덕지라는 거. 하지만 그

감지덕지라는 거. 무너진 피부 장벽에 일어난 각질. 그 위에 덕지덕지 화장하는 기분 같은 거 아닌가.

스트레스를 안 받는 게 중요하다. 그러나 그게 될 리가 있나. 스트레스 안 받는 사람이 어디 있다고. 스트레스를 받는 것마저 수용하려는 나에게 역시 해줄 수 있는 건 사과뿐이다. 미안하다. 하지만 진심 어린 사과 한 번만. 한 번이면 족하다. 그 한 번을 위해. 따끔한 한 방을 위해. 면역을 위해. 미안을 잘 놓는 방법을 연구 중이다. 튼튼한 삶의 혈관에 잘 놓아야 한다.

괜찮아요

뭐든 괜찮았으면 좋겠다. 뭐든. 무엇이든. 이 말은 모든이라는 말과는 조금 다르다. 뭐든은 무어, 무엇이든의 준말로 모르는 사실이나 사물을 가리키는 말이다. 딱히 그것에 존재나 정체를 밝히지 않고 짚어낸다.

그와 좀 다른 모든. 이 말은 빠짐없이 모조리 담는다. 모든 안에 뭐든 있을 수도 있다. 그럴 수도 있다. 하지만 그 사실을 모두가 인지할 수 있을까. 너무 어려운 말인가.

요즘은 뭐든 괜찮다고 하는 사람들이 좋아 보인다. 모든 것이 괜찮았으면 하는 마음보다는 뭐든 괜찮다는 태도가 좋아 보인다. 줏대가 없는 것과 다르다. 섭리를 따르는 것이다. 바라기보다는 받아들이는 것.

그 무엇도 바라지 말라는 건 가혹하나, 바라면 바랄수록 헛헛해지는 것도 사실이라서. 비교적 덜 바라는 게. 기왕이면 흔히 하는 말처럼 오는 파도를 맞는 게 좋다. 너무 큰 해일이면 위험하겠지만, 바랄 시간에 차라리 무언가 대비하고 싶은 마음이 커진 듯하다.

바라더라도 예상치 못한 위기를 극복하는 방법으로서 그 바람이 작용하는 흐름을 기대하는 것도 같다. 이거야말로 너무 큰 욕심인가.

저기 반대편에 반대되는 선택을 해왔던 내가 나도 모르는 삶을 살고 있다면 몰래 보고 오는 상상도 해봤다. 그렇게 되면 후회하려나. 만족하려나. 아주 잠깐만 봐서는 알 수 없고, 그 잠깐이 초래할 결과를 생각하니 상상인데도 아찔했다.

괜찮다는 보통 때 어떤 의미를 지니나. 엄청 좋지도 않고 엄청 나쁘지도 않다. 그러나 싫지는 않다. 그런 뜻으로 쓸 때가 많았던 것 같다.

혹은 괜찮지 않을 때 나와 주변을 안심시키려 그 말을 쓸 때도 있었다. 정말로 괜찮아서 하는 말이 아닐 때가 많았다.

정말로 괜찮을 때 괜찮다는 말은 어떻게 나왔더라. 곰곰 생각해보니 다른 말로 나왔던 것 같다. 좋아. 그런 말들.

주로 담백한 식빵처럼 기분 좋게 포개지는 말들. 자르지 않은 통식빵을 뜯어본 적 있다. 그런 느낌으로 괜찮다 괜찮다 안심할 수 있는 표정을 나눈 적이 있다.

조금 더 부풀어 오른 볼로 서로 웃던 날들. 그런 날들에 나눴던 대화는 사실 정말로 괜찮지 않았던 날들이 지나야 가능했다. 누가 먼저라 할 것도 없이 꺼냈던 이야기.

아팠던 이야기. 다쳤던 이야기. 아픈 줄도 몰랐던 이야기. 다친 줄도 몰랐던 이야기. 언제 이만큼 괜찮아진 걸까 하면 시간이 흘렀다는 것밖에는 다른 이유를 댈 수 없어 잠시 말 없이 생각에 잠기기도 하는 대화의 시간.

아주 고요한 방에서 모래시계를 뒤집은 적이 있다. 조금씩 내려가는 모래알갱이 소리가 좋았다. 괜찮다. 괜찮다. 다 내려앉으면 뒤집을 수 있는 시계가 있고, 그렇게 기다려 뒤집어 또 기다릴 시간이 있다는 거. 그게 사는 것인가.

괜찮다라는 말은 어디서 왔을까. 다양한 이야기가 있지만 공연치 않다는 말에서 왔다는 이야기에 마음이 쏠린다. 아무 까닭이나 실속이 없다는 공연하다는 말을 부정하는 뜻에서. 괜찮다라는 말을 쓰고 싶다.

나쁘지 않아. 이만하면 정말로 괜찮아. 그 일말의 긍정.

주어진 상황을 긍정하지 않고서는 못 배기는 미래가 있다
는 믿음으로. 괜찮다. 괜찮다 한다.
　뭐든 괜찮다. 모든 것이 뜻대로 되지 않으니까. 모든 것이
뜻대로 됐으면 없었을, 이 미온적인 말에 한 사람의 인생을
씻긴다.

고마워요

존재 자체가 고마운 사람 몇 명일까. 중요한 건 세는 일이 아니고 헤아리는 일.

태어나줘서 고마운 존재가 떠나줘서 고마운 존재가 되기도 한다. 어떤 인연은 끝나야 좋다. 오래 버티는 능사로 고마움을 깨닫기에 역부족이다. 고마움도 고마울 줄 아는 사람에게 표해야 서로 외롭지 않다.

그저 고마운 사람은 몇 없다. 그래서 고마움을 느끼는 부분이 중요하다. 그 부분이 비슷할수록 사이가 오래가는 느낌이다. 비슷하지 않다면 대화가 많아야 좋다. 고마워요. 그 한마디 아끼지 않고 자주 해야 한다.

내 딴엔 배려라고 한 일이 누군가에게는 괜한 짓 또는 못

된 짓일 수도 있다. 고맙기는커녕 전혀 고맙지 않은 일이 되어 사이가 틀어지는 경험을 한두 번 겪다 보니 모든 게 조심스럽다. 나 역시도 누군가의 호의나 배려를 그렇게 받아들인 적이 있으면서도 말이다.

서로가 욕망하는 걸 잘 알면 탈이 없을까. 어떤 사람은 주는 것에, 어떤 사람은 받는 것에 능숙하다. 주고받는 것에 모두 익숙한 사람도 있다.

기버giver냐. 테이커taker냐. 단연 기버다. 기버가 좋아 보인다. 그러나 마냥 주기만 하고 잘 받지 못하는 사람은 깊고 외롭다. 내 주변엔 깊고 외로운 사람이 많다. 그들 따라 깊고 외로운 편이라 생각했으나 마음의 여유가 없으니 그저 얕고 괴롭다.

예년에 하던 선물의 반도 못 하고 사는 것 같다. 왜 이렇게 됐을까. 어째서 기버력을 잃어가고 있나. 아마도 서로 고마움을 모르는 인연이 반쯤 걸러져서 그럴 수도 있겠다. 환심을 사기 위한 노력은 관두고 진심으로 함께하는 인연들에 집중하고 싶어서 그런 것일 수도.

있을 때 잘하라는 그 흔한 말을 다년간 지키지 못했지만 운이 좋았다. 아직도 만나자 하는 사람들이 있다는 것은.

뭐 하냐 묻는 사람들이 있다는 것은. 자주는 못 봐도 꼭 보고 싶은 사람들이 있다는 것은.

고마운 일상이라는 생각을 하다가 문득 그들 모두 자신의 일상에서 자리를 잡아 전화 한 통 오지 않는 몇 날, 몇 달, 몇 년을 상상해보았다.

더 세월이 흘러 사람들이 먼저 가고, 또 가고, 모두 가버리고 나만 살아남은 세월을 상상하니 두 눈이 질끈 감겼다. 모니카 마론의 『슬픈 짐승』 속 여자가 된 기분. 그런 세월은 책으로만 경험하고 싶다.

종종 노영심 3집 〈무언가(無言歌)〉에 수록된 〈Thank you〉를 찾아 듣는다. 드라마 〈연애시대〉 주인공 은호(손예진 역)가 동진(감우성 역)의 결혼식에서 부른 그 노래의 원곡. 잔잔한 피아노 반주에 순수한 목소리가 우산살 끝에 맺힌 빗방울처럼 들린다.

이 노래의 가사처럼 미안한 만큼 편지를 쓰고 싶어지는 고마움이 있다. 때로 그런 고마움으로 살기도 한다. 겉으로 보기에 아무도 없는 깊고 슬픈 일상이어도.

고맙고 정말 고마운, 그래서 더 그리운 추억이 어느 정도로 쌓여야 사람은 살 수 있을까. 모두가 떠난 뒤에 그 추억은 어떤 마음을 안겨줄까.

어느 영화에서나 어느 드라마에서나 나올 것 같은 장면이지만 실제로도 본 적이 있다. 모두 가고 나만 남았다며 우는 사람을. 조금 더 오래 산 사람들의 눈물을.

마음을 깊게 나눈 사람끼리 오래 살다가 한날한시에 떠날 수 있는 초능력 같은 게 있었으면. 그 전에 정말로 그런 초능력이 생길 거라는 상상을 하면서 정말로 고마운 사람에게 아낌없이 고맙다 말해봐야겠다.

그 후에 결과가 어떻게 될지는 후에 쓰일 시만 알 수 있겠지.

축하해요

축하할 일이 있어서 축하드립니다. 요즘 밈이다. 본래 밈이라면 조기 종식되기 마련이지만, 이 밈만큼은 오래 유행하길.

축하할 일도 계속되고 축하하는 마음도 계속되면 삶의 에너지가 충분한 상태 아닐까.

남들 경사에 마음이 설레는 건 쾌재다. 그저 들썩이고 싱숭생숭한 느낌이 아니라 그 자체로 응원을 보낼 수 있을 만큼 투명한 기쁨. 그 기쁨을 느낄 수 있을 때 더불어 살아간다는 느낌이 든다. 그 반대의 조사도 마찬가지. 남들 조사에 투명한 슬픔이 깃들 때 살아 있구나 싶다.

단순한 축하보다는 축복이 좋다. 축복은 애도의 결도 함께 다듬어갈 수 있는 단정한 기도이니까. 그래서 요즘은 어떤 축복을 하고 있나. 눈에 닿는 모든 대상을 축복하고자 한다. 왠지 이해가 되지 않는 사람을 보고 생각한다. 저 사람도 사정이 있겠지.

한 사람 한 사람 각자의 사정이 있다고 생각하면 그럭저럭 성내려던 마음이 좀 가신다. 물론 좀처럼 이해되지 않는 사람도 있다. 정말 모든 사람을 향한 축복이 가능했다면 이런 글을 쓰지도 않았을 것이다.

살면서 도통 이해되지 않던 사람이 있었다. 그래서 좀처럼 축복할 수 없던 사람. 도대체 저 사람의 어떤 모습이 벽으로 와닿는 걸까. 무엇을 걸고 싶지도, 무엇을 붙이고 싶지 않은 저 벽. 저 벽 같은 사람을 이해하기 위해 애를 써봤다.

어떻게 저런 순간에 저런 말을. 어떻게 저런 행동을. 나라면 안 했을 말을. 나라면 안 했을 행동을 하는 사람이 자기 자랑을 하기 시작하니 더욱 미칠 지경이었다. 때로 가까이하고 싶지 않아도 그다지 접점이 없어도 물리적으로 가까이 지내야 하는 사람.

어릴 땐 학교였고, 지금은 직장이다. 어쩌다 보니 어쩔 수 없이 묶여 있게 되는 시간 동안 좋은 사람도 만나지만 별로

인 사람도 만나기 마련이다. 안 만났다면 그런 사람이 나일 수도 있다는 확률을 무시할 수 없다.

그냥 없으면 안 되나. 이 지구상에 사람이란 게 없으면 안 되나 싶다가도 사람으로 태어난 이상 사람을 생각하게 된다. 사람을 벗어날 수 없다. 왜 이렇게 쓰는 시에 사람이 많을까. 사람 좀 없앤 시를 쓰려 해도 화자의 인격을 부여하는 일을 쉽사리 놓지 못한다.

사람은 정말 자기밖에 모른다는 말이 딱 맞다. 그 사실을 알고 반성하면서도. 같은 사람이면서도. 사람이 싫어진다. 물린다 싶다가도 사람 얘기가 또 제일 궁금하다. 그러면서도 단합도 한다. 언제는 싫다면서. 그렇게 싫다면서.

여섯 다리 정도만 건너도 다 아는 사람이라는 그 속설이 진짜인가 싶을 때가 있다. 길을 걷다 누군가와 마주칠 때. 내가 아는 누군가와 누군가가 알고 보니 아는 사이일 때. 세상은 좁고 좁은 만큼 조심해도 정말 조심해야겠다 싶을 때.

그래서 누군가 축하하는 일에 있어서도 뭔가 견주게 된다. 결혼식 가서는 축의금 얼마 내야 적당한지. 답례품으로 어느 정도 해야 좋은지. 그런 것들. 편지만으로는 부족하다고 여기는 마음들. 한국의 경조사 문화에서 빼놓을 수 없는 돈. 돈을 빼놓을 수 없다면 돈으로 다 할 수 없는 기쁨과 슬픔이 각자 삶에 있다는 것만 알아줘도 좋을 텐데.

돈이라는 게 없다면 사람은 사람을 어떻게 축하할 수 있을까. 어떻게 축복할 수 있을까.

사람이 사람에게 쏟을 수 있는 정성. 그래도 어느 정도 물질적인 성의는 표해야 하지 않을까. 이 생각에서 벗어나지 못하는 현실이 싫다. 정말 현실이 뭐길래. 죽기 전에 온전한 축시 하나 쓰는 거. 그게 되면 다 될 것 같다.

행복하세요 공은 아직 있어

작은 회사에서 일한다. 작은 회사는 10층이 채 되지 않는 작은 건물에 있다. 작은 회사를 다니며 알게 되었다. 3층 정도는 계단으로 이동하는 게 빠르다. 그럼에도 서둘러 오르지 않고 작은 회사에 가기 위해 작은 건물 작은 엘리베이터를 기다리곤 했다. 특히나 점심시간 이후에는 회의나 미팅이 있는 게 아니고서야 서두를 이유가 전혀 없었다.

그날도 그런 날이었다. 엘리베이터를 기다리고 있었다. 계단 앞 부근 작은 창. 그 건너편에는 맞은편 회사. 맞은편 건물. 여기보다는 큰 건물의 대회의실 안쪽이 보였다. 매일 이 작은 회사 건물에서 스치는 사람들보다 훨씬 많은 사람이 앉아서 저마다 지루하거나 치열한 표정을 짓고 있었다.

비어 있을 때는 바퀴 달린 의자가 여러 방향으로 조금씩 자유롭게 등받이 방향을 달리하고 있었다. 퇴근한 의자는 저렇구나. 저런 모습이구나. 그 의자 중 하나의 등받이를 보다가 건물 외벽에 시선이 닿았다. 희미하게 빛을 일렁이고 있었다. 그 빛이 그 틈의 좁은 바닥까지 닿지는 않았다.

건물과 건물 사이. 저기 창과 여기 창 사이. 작은 틈이 있었다. 기억에 버려진 듯 그러나 어쩐지 눈에 익은 갈라진 시멘트 바닥. 그 바닥에 피어난 이름 모를 풀들. 그 주변에 놓인 공 하나가 보였다. 학창시절에 본 듯한 하얀 축구공이 내 피부와 거의 같은 색을 띠고 있었다. 낡고 바람 빠진 채 가만히. 벌집 모양이 언젠가 진짜 벌떼가 짓고 사라진 것처럼 해져 있었고, 그 위에 무언가 반듯한 글씨체로 쓰여 있었다. 조금씩 지워지고 있었지만, 그래도 아직은 또렷한 다섯 글자. 행복하세요.

그 틈에 들어가 직접 주워 올리진 않았지만 그때부터 하루 세 번 그 공을 보는 게 조용한 낙이었다. 오늘도 있구나. 오늘도 잘 있구나. 이 하루에 나만 아는 틈에 공이 있다는 것. 그게 좋았다.

작은 조직일수록 운영상 문제에 빠르고 유연하게 대응할

수 있다는 장점이 있다고 하나, 대체 인력이 없기 때문에 조직원 개인의 삶에는 그다지 좋지 않다. 야근하는 날에는 그 공을 볼 수 없었다. 그 공도 나도 하늘도 동시에 깜깜해 졌는데 이상하게 세상은 밝았다.

나는 왜 이렇게 많은 시간을 회사에 쓸까. 조금이라도 더 글에 쓸 수 없을까. 질문은 여기서 멈추지 않고 내달렸다. 회사 다니지 마. 다니지 않아도 생활할 수 있을 만큼의 돈 을 줄게. 그러니 이제 글만 써. 누군가 그런 주문을 해도 사 실 나는 온통 글만 쓰진 못할 텐데.

글쓰기에 재능이 있길 바랐던 한때가 있었다. 그러다 그 냥 작정하고 하루걸러 하루는 쓰자 마음먹고 뭐든 써둘 때 가 있었다. 그때를 거쳐 지금까지 느끼는 건 그냥 꾸준한 게 재능이다. 꾸역꾸역 해내는 밥벌이도 이 핑계 저 핑계 대면서 미루는 글쓰기도 결국엔 꾸준함이 역량일 뿐이라는 것을 안다. 이 모든 게 언젠가 끝이 날 일이란 것도.

그때까지는 여기, 작은 회사에서 일해야 한다. 이 시기 다 녀갔던 작은 건물. 작은 틈에 작은 공. 삼시 세끼처럼 챙긴 그 공에 대한 시선. 그것만큼은 진짜였다.

지금 내가 왜 여기 있어야만 하는지 다른 누구보다 저 공이 확실히 알려주었다. 공의 말은 진짜였으니까. 낡고 바람 빠진 채 발길 닿는 곳을 벗어나 있는 공. 행복하세요. 뭇발에 채일 만큼 실생활에서 많이 들어왔지만 들어오지 않던 저 말의 의미를 알게 해준 소중한 공.

이듬해 삼월 작은 회사에서 큰 회사로, 이직은 아니고 이동이 결정되었을 때. 함께 파견을 나가야 하는 동료와 점심을 먹고 돌아오던 길에 그 공의 존재를 알렸다. 동료도 가만히 그 틈에 있던 그 공을 말없이 들여다보았다. 그리고 얼마 뒤 감쪽같이 사라졌다. 파견 가기 며칠 전 일이었다.

그 공은 영영 사라진 걸까?

그 공이 사라져도 남는 말이 있다는 것. 그 사람이 사라져도 남는 말이 있다는 것. 생각해보면 나는 실체보다 더 분명한 말들이 있다고 믿었던 게 아닐까. 말의 힘이 있다고 말이다.

중요한 건 말 자체가 아니다. 그 말을 보내는 과정에 잘못이 있을 수 있다. 그 말을 받으며 곡해할 수 있다. 그것들은 중요치 않다.

어떤 말을 주고받는 과정에서 마음이 가는 방향이 있었다면, 저절로 그 방향에 몸이 맡겨진 듯 움직였다면, 그랬다면 된 거 아닐까. 제대로 주지 못하고 제대로 받지 못한 말들 한 무더기지만 그래도 몸과 마음 하나 되게 하는 말은 분명히 있다.

그 일체감을 가지고 두 번째 시집에는 이 말을 꼭 심을 것이다.

"행복하세요. 공은 아직 있어."

그 말을 듣기 위해 여기까지

지난 삼월 파견지 근무를 앞두고 사흘간 제주에 갔다. 목적은 하나. 순전히 온전한 마인드풀니스를 위해.

마인드풀니스는 불교 용어 사띠sati에서 왔다. 알아차리는 것. 마음을 챙기는 것. 수행으로서 사띠의 핵심은 기억하는 것이다. 그때의 기억은 과거가 아닌 현재에 있다. 현재에 머물기. 나는 그것에 익숙지 않은 중생이다.

사찰로 향하고 싶었으나 일정상 다른 곳으로 향했다. 명상 프로그램이 있는 어승생악 근처의 숙소였다.

어승생악에는 1100 도로가 있다. 첫날 한라산 서쪽 해발 1,100km를 정점으로 하는 도로가 나 있는 마을 어귀에서 내려 몇 걸음 걷는 동안 이제 막 만발한 벚꽃을 볼 수 있었다.

숙소에 도착하자마자 비가 내렸다. 으슬으슬한 피로가 몰려 왔다.

전날까지 한 과로의 여파인지 새로운 근무 환경에 적응해야 한다는 압박 때문인지 오랜만에 익숙한 편두통이 찾아왔다. 두통약을 먹고 일찍이 잠들었다. 전날 간소한 짐을 꾸리며 대체 여행하는데 두통약을 왜 챙기는 건지 스스로 의아했지만 선견지명이 있었다. 사실 선견지명이라기보다 이 또한 두통약을 먹어야 한다는 부채감에 사로잡힌 마음이 몸을 통제한 것일 수도 있지 않을까.

까무룩 잠에 빠져 해가 든 창밖으로 바람에 따라 흔들리는 나무의 손짓에 눈을 떴다. 어승생악을 타고 내려온 물이 맑았다. 창틀에 기대 낮게 날아와 포슬해 보이는 흙밭을 살포시 긁고 다시 높게 날아오르는 새를 구경했다. 온몸을 펼치고 뻗는 모습이 주먹보다 작았는데 주먹보다 단단해 보였다.

아침 명상. 그날 명상을 함께할 모르는 두 사람과 나란히 선생님을 마주 보며 앉았다. 선생님 뒤로는 전날 걸어오면서 보았던 벚꽃이 도로에 줄지어 서 있고 창밖에는 작은 텃밭과 꽃밭이 가꾸어져 있었다. 시작에 앞서 손바닥 안에 들어울 만한 로즈마리 잎줄기를 하나 건네받았다.

바람을 탄 로즈마리 향은 이루 말할 수 없이 좋았다. 머릿속을 환기해준다는 표현이 딱 어울린다. 신경통과 두통을 잠재워주는 작고 귀여운 로즈마리를 서울까지 잘 모셔왔다.

본격적인 명상 전 간단한 통성명과 함께 현재의 기분을 돌아가며 이야기했다. 명상을 이끌어주신 선생님은 그즈음 크게 번지던 산불에 공들여 가꾼 정원과 가택이 전소되었고 요즘은 허망함을 느낀다고 했다. 아, 하는 짧은 탄식이 다 뻗어나기도 전에 선생님은 천천히 호흡하는 방법을 알려주셨다.

먼저 온 한 사람과 나중 온 한 사람도 각자의 사정으로 편안한 호흡이 평소에 잘 안 되는 듯했다. 그 와중에도 긴장하며 숨을 참는 나를 보고 선생님은 지긋한 목소리로 틀어진 자세를 바로잡도록 이끌어주셨다.

명상이 끝나고 천천히 눈을 떴을 때 가장 먼저 느낀 것을 나누었다. 그렇게 온화한 빛이 세상 모든 것을 타고 흐르는 모습은 상상해본 적도 없는데 그날 눈을 뜨니 보였다. 아침에 어승생악 물에 씻고 나온 몸처럼 온 세상이 환했다. 그리고 따뜻해 보였다. 오래 간직하고 싶은 생경함이었다. 그러나 지금이면 충분했다. 욕심을 내지 않고 현재의 상태에 온전히 머물러 있는 감각이 많은 생각을 다독였다.

한 번 울음이 터지기 시작한 사람이 온몸을 들썩이며 울음을 멈출 줄 모를 때 그 뒤에 조용히 손을 갖다 댄 사람처럼. 말없이 머무는 위로의 순간이 그날 아침에 있었다.

식사를 마치고 숙소 옥상에 오르니 눈 녹지 않은 한라산이 보였다. 그 아래 치마폭 같은 산자락 아래에는 벚나무가 놓여 있었다. 눈이 먼저 녹을지 꽃이 먼저 질지 알 수 없지만, 봄의 현재는 알 수 있었다. 그거면 충분했다.

봄의 상태. 나의 상태. 지금쯤 어디에 있는 걸까. 말 없는 말은 온전한 순간에만 적히므로. 그날 나는 거기 있었다. 곳곳에. 시시각각에.

돌아와 키우기 시작한 로즈마리는 바람 맞는 데 두려움이 없었다. 바람이 통하는 곳에 있어야 한다고 했다.

여행 끝 생활에서도 여전히 어수선한 나 자신이 마뜩잖은 와중에 파견지에서 함께 일하게 된 분이 그랬다. 예민이 아니라 정교할 뿐이라고.

정처 없이 부대끼는 와중에도 호흡에 신경 쓰면 가지런

해질 수 있었다. 자연의 질서 같은 걸 익히고 싶다. 사람이 상상할 수 없을 정도로 엄청난 정교함으로 흐드러진 세계에 머물다 가는 것을 행운으로 여기며.

그래 들어가 쉬어

문자보다는 전화다. 가까운 사람과는 그렇다. 누군가 가까워질 때 잠들기 직전까지 통화하는 걸 늘 반긴다. 함께 있는 것도 좋지만 각자가 편안한 독립적인 공간에서 각자의 시간을 소리로만 띄워 보내는 안락함이 있어서 좋다.

서로 정말 가까워지고 싶은 시기엔 벌써 시간이 이렇게 됐네, 하는 급작스러운 신호를 보내지 않아도 자연히 통화 끝에 누구 하나 잠들기도 하고, 정말로 가까워져 서로 신뢰가 쌓였을 땐 누구 하나 수선 떨지 않아도 자연스럽게 굿나잇 인사를 건네기 마련이다.

그럴 때 나는 이 인사를 즐겨 한다.

"그래 들어가 쉬어."

티키타카가 좀 되는 통화 상대라면 이미 들어가 있는데 어딜 또 들어가냐고 맞받아친다. 거기에 더 맞받아치는 건 마음에 달려 있다. 어쨌든 몇 번을 주고받아야 겨우 끝나는 밤이 있다.

그런 밤은 참 좋은 밤이지. 어렴풋한 옛일처럼 떠올리고 있지만, 그 밤 속에 있을 땐 정말로 생생했다.

첫 시집이 막 나왔던 시기에 주변 지인 몇몇이 제목만 보고 해준 이야기가 있다.

"잠든 사람과의 통화. 참 낭만적이야."

"뭔가 로맨스가 있는 드라마에 나와도 어색하지 않을 것 같달까."

실제로 기대하는 낭만으로 쓰이진 않았지만 그런 시선들이 나쁘진 않았다. 설령 오해여도 누구나 어렵지 않게 접근할 수 있는 지점이 있다면 좋은 거니까. 사람을 알아가는 지점도 그와 비슷하지 않나. 시에 있어서만큼은 읽는 사람마다 자신의 마음을 정독할 수 있는 오독의 여지가 많았으면 하는 바람이 있다.

『잠든 사람과의 통화』에는 사람과 기분이 많다. 꼼꼼히 읽어주시는 분들의 발견에 따르면 그렇다고 한다. 그만큼

말도 많고 탈도 많았음을 몸소 보여주는 시집인가. 나는 잘 모르겠다. 그래도 이 시집 속 시에 닿은 사람만의 생생한 기분이 있겠지. 그렇게 놓인 밤이 있겠지.

그래서 여러분 지금 어떤 밤에 계신가요. 시집이 나오고 한동안은 마음속으로 안부를 물었던 것 같다. 자기만족으로 쓰이고 말 시구였다면 잠든 사람과의 통화를 마치지 못한다고 시집을 끝내진 않았겠지.

"그래 들어가 쉬어."

그래서 다시 이 말은 어떤 마음이 깃들어 있나. 이 말을 건네야 하는 시간은 어떤 시간인가. 각자 마무리할 밤이 남아 있는 그 시간에 살아서 안녕을 기원할 수 있는 건 축복이려나.

제발 이런 문장을 쓸 때 끝에 축복이다 단언할 수는 없는 건가. 짧은 문장 하나를 두고도 제대로 결판내지 못하는 스스로가 답답할 때도 있지만, 꼭 뭐가 탁탁 정해져야만 삶의 갈증이 해소되는 건 아니라는 걸 안다.

여전한 것을 쓰고 있는 여전한 밤. 고만고만한 생각만 하면서 계속 글을 쓴다면 어떡하지 하는 두려움은 두더지의 습성으로 잊는다. 시각에 약하고 청각에 강하다는 두더지처럼. 앞이 안 보일 때는 그저 이 어둠을 타고 흐르거나 파고드는 소리를 듣는 수밖에.

이미 들어가 있지만 더 들어간다. 마음속으로. 거기서라면 쉴 수 있을 것 같다. 그래서 하는 말이다. 앞으로 다른 시집을 계속해서 써 낼 때도 이 인사만큼은 계속될 것이다.

"흩어지던 꿈속에는 어떤 밤의 밑면이" 있길래 사람은 왜 이리도 자기 속을 파고드는 것일까.

빈손과 맨손 사이

손의 산식

해변 해일 해
바다 졸이기

물에 젖은 모래가 종말한다
모래알갱이가 셀 수 있을 만큼 남았다

평생을 쓰면 다 셀 수 있다
그래서 평생은 얼마나

얼마나와 얼만큼은 다르지
얼마나 다르지?

얼마나는 한 움큼씩 퍼 옮기기
얼만큼은 한 뼘씩 재기

그래서 남은 바닷물을 다 퍼 옮길래
끝까지 파도의 둘레를 잴래

몇 움큼을 몇 뼘을
손의 산식으로

조개껍질 같은 사람 손톱

이거 시 아니지?

사람 손톱 아니지?

당신 사람 아니지?

응 아니야

이렇게 대답하면 되는 거야?

정말로 안심시키려는 마음은 갯벌처럼 드러난대
물이 적은 쪽이 더 빠지기 쉽대

안 속아
안 사요

바가지 덤터기
쓰고 말지

정말로 쓰고 말지

죽는 꿈

꿈을 꿨다. 얼굴을 모르고 만나기로 약속한 두 사람이 약속 장소인 공원 입구에 도착해 저 사람이 내가 만나기로 한 사람일 리 없다는 표정으로 서 있는 꿈. 그 공원에서 입구로 빠져나오는 자전거들 때문에 둘은 모르는 사람으로서 인사를 나누지만, 선량한 분이다 생각하지만 절대로 내 짝일 리 없어 하는 표정으로 서 있던 두 사람.

꿈을 꿨다. 엄청 바쁜 케이크 가게에 들어가서 마지막 하나 남은 홀 케이크를 누가 사가서 마지막 남은 조각 케이크를 사가는 꿈. 잠시 화장실에 다녀오고 사람들에 떠밀려 케이크를 쇼케이스에 올려두었을 뿐인데 가게 점장이 말도 없이 그 케이크 박스를 가져가 열었다. 그때 꿈에서 처음 입을 열었다. 점장은 점원이 초콜릿 펜으로 흐릿해진 글씨를 새로 보수해주겠다는데 왜 그러냐고 했다. 당신 복 받은 거라고. 왜 케이크를 샀는지. 왜 조각이어야 했는지. 누구와 나눠 먹으려고 그렇게 고군분투했는지. 그 케이크에 어떤 글씨가 적혀 있었는지. 아무것도 알지 못한 채.

꿈을 꿨다. 이사 간 집 맞은편에 이사를 온 가까운 지인이 다시 이사 간다고 하는 꿈. 사람 살 만한 곳이 아니긴 했다. 건물 외벽이나 다 으스러질 것 같은 계단이나. 맞은편 건물에 사는 내 상황도 좋진 않았지만 뭐라 할 수 없었다. 어디로 갈 건지 묻지 않았다.

꿈을 꿨다. 꿈인가. 분간할 수 없는 현실 없이 계속 꿈만 꾸는 상태로 살아간다면 어떨까. 아득함에 대해서 생각한다.

아득함. 먼 것일까. 멀어진 것일까. 사람은.

희미함을 알 정도라면 또렷한 것을 봤다는 것일까?

죽기 전에 의미심장한 말을 남길 수 있는 사람은 몇 없다
고 들었다. 그래도 몇은 있다고.

뜬금 없는 인사.
인사 없는 죽음.

사랑하지 않으면 죽음은 덜 슬픈 게 될까. 슬픔 없이 두
려움만 느낄 수도 있는 생애.

달리 할 말이 없는 일상에 꾼 꿈들을 조각조각 검색한다.
죽는 꿈은 좋은 꿈.

기왕이면 멋지게 죽고 싶다.
회상신이 많은 꿈은 어떨까.
그런 죽음을 상상해보자.

삶의 감독판 리마스터링 상영회.

여기 쓰기

류이치 사카모토의 〈koko〉를 듣는 동안 여기 쓰기.

여기 집밖에 고양이 울음.

여기 집 안에 강아지가 짖지 않고 길게 울고 있다.

여기 아직 사람을 물지 않은 모기가 있다.

여기 책이 엎친 데 덮친 격으로 놓여 있다.

여기 열면 열다가 넘어지게 만들 서랍이 있다.

여기 양말처럼 말린 장갑이 있다.

여기 불면 날아갈 냅킨 한 장이 있다.

여기 사람이 있다.

여기 구조가 필요 없는 사람이.

여기 여기가 아팠었다.

여기 다 나은 곳을 쿡 찌르는 손끝.

여기 나중에도 올 수 있을까.

여기 조금만 나가면 맛있는 빵집이 있다.

여기 주차가 쉽지 않다.

여기 어느 골목은 꿈에 나올까 무섭다.

여기 창가 앞에서 담배 피지 말라는 문구가 붙어 있다.

여기 쓰레기가 놓인 데 쓰레기가 쌓인다.

여기 다시 여기.

여기 오늘 또 여기.

여기 죽은 벌레.

여기 닿지 못하는 구석.

여기 둘러봐도 제자리.

여기 구겨진 쿠션.

여기 닳은 등받이.

여기 식어가는 잔.

여기 이제 더는 뜨겁지 않은 손잡이.

여기 미지근하게 살아 있는 기포들.

여기 정전기에 붙은 머리카락.

여기 건너편 건물 창과 가까운 창.

여기 짖기 시작하는 강아지.

여기 지나가는 발걸음.

여기 놀라지 않고 쳐다보는 사람.

여기 씰룩거리는 강아지의 코.

여기 자주 지나다니는 고양이.

여기 눌리는 원두가루.

여기 가져가라고 둔 커피 찌꺼기.

여기 단골 아님.

여기 그래도 자주 올 것 같음.

여기 누군가에게는 관광지.

여기 누군가에게는 근무지 인근.

여기 누군가에게는 이별하기에 적당한 조도.

여기 어두워 서로의 눈이 더 잘 들어오는 곳.

유효한 시

좋은 날에 헤어진다. 좋은 날에 헤어진 경험이 있어서. 그 경험 나만 한 건 아니어서. 그래서. 그런 말이 있어서. 위로를 받는다.

사람들이 좋은 글이라고 하는 글을 따라 읽어본 적 있다. 사람들은 왜 이런 글을 좋아하지? 너무 관념적이고 너무 빤한 거 아닌가?

예전엔 그렇게 생각했다. 때로는 유치하다 느끼기도 했다. 오만했다. 사람들을. 삶들을. 사람들이 살아가는 마음을. 잘 몰랐다.

격언이나 잠언의 형태를 띤 한 줄기 문장들. 사람들은 거기에 자기 마음을 틔워 올린다. 사는 게 바빠서. 사는 게 힘들어서. 겨를이 없는 사람들.

그러다 삶의 궤적이 고스란히 느껴지는 손길로 시를 쓰는 한 어르신을 본다. 어르신의 시 한 줄과 그 누구도 반박할 수 없는 삶. 그런 삶이 있는 한 시는 영원히 유효하다.

나이의 문제는 아니다. 어떠한 일들을 겪은 삶. 지긋한 삶을 증거로 내밀면 할 말이 없어진다. 시 앞에서는 더더욱. 하지만 시는 시로 쓰여 있을 뿐이고, 시를 두고 설명하는 일은 의미 없다.

오직 상태. 읽는 사람의 상태. 상태가 중요하다.

사람들은 자신의 상태를 알려주는 메시지에 환호한다. 객관적인 상태가 아니라 주관적인 상태. 누구에게나 남들이 알았으면 하는 자신의 상태가 있지 않나.

그러나 이내 누구에게도 드러내고 싶지 않은 아주 깊숙한 마음의 상태까지 짚고 가는 시. 나는 그런 시를 만난 적 있다. 시를 쓰기 이전에.

시를 계속 쓰는 이유는 그런 시를 읽었던 나의 경험이 있기 때문에.

좋은 시에 흩어진다. 좋은 시에 흩어진 경험이 있어서. 그 경험 나만 한 건 아니어서. 그래서 생각보다 많은 사람이 시를 쓰고 자기만의 방식으로 표현한다.

아주 오래 묵힌 응어리가. 설움이. 알 수 없는 체증이. 이 삶에 대한 집착이. 무상해진다.

이 세상에서 유용하다 말하는 수치 대신 다른 수치만이 눈금으로 잔존한다. 조금 더 세밀해져야 한다.

세밀해진 시에 위로를 받는다. 살면서 나를 비롯한 누구도 하지 못한 위로를 시가 하기도 한다.

좋은 말. 예쁜 말. 멋진 말. 그런 것은 하나도 없는 시다.
남들을 의식해서는 도무지 시가 될 수 없는 시다.

흰나비과 인간

지하철을 타고 간다. 자기 배에 손을 올린 중년들이 줄지어 앉아 있다. 귀엽고 공손한 자세로 내릴 역에 도달할 때까지 멍을 때리거나 큰 글씨 휴대폰 화면을 응시한다. 둘 이상 이야기를 나누기도 한다.

조금 더 큰 글씨를 봐야 하는 노년들이 조금 더 큰 목소리로 이야기를 나눈다. 서로 알고 있는 친구의 이름이 자주 등장한다. 아니 글쎄 땡땡이가. 땡땡땡이가. 땡땡땡 분은 지금쯤 귀가 가려우실까. 누구의 초상. 누구의 병환. 그런 주제에 큰 수선이 없다.

나이가 들면 언젠가 익숙해지려나. 그때는 무엇에 헤맬까? 일단은 세상의 변화에. 그런 속도전에. 하던 방식대로 하지 않으면 불안할까? 외로움에 가족보다 더 친절한 사람에 마음을 열게 될까?

사람을 영영 못 믿게 될까. 믿는 구석이 생길까. 새 가정을 꾸리지 못하면 어떻게 살까. 죽을 때까지 스스로 보살피는 삶. 신세를 지면 어떡하지. 신세를 질 수 있으면 그나마 다행인가.

직장 동료들과 점심 식사 후 호기심에 들어간 오래된 카페. 낮에는 차와 커피를 팔고 저녁에는 소주와 맥주를 팔 것 같은 가게에서 매실차를 주문했다.

벽에는 퍼렇게 바랜 피카소 그림이 걸려 있었다. 여기저기 조각조각. 작은 소품들이 먼지와 함께 앉아 있던 곳. 미어터지게 울리는 젊은 목소리가 드문 곳에서 귀신 눌렸던 이야기, 살면서 신기했던 경험 등을 이야기했다.

동료 중 한 분이 치매였던 할머니가 돌아가시기 전에 모든 자녀를 불러 모두 함께 임종할 수 있었다는 이야기를 들려주셨다. 자기 죽음을 예견하신 걸까. 나도 그 비슷한 경험이 있다.

엄마의 엄마, 아빠의 엄마가 돌아가시기 직전에 꿈에서 두 분과 인사를 나눈 적이 있다. 내가 현실에서 도착하지 못한 곳에서 할머니들이 보낸 인사인 걸까.

할머니와 할머니. 잘 지내고 계신가요? 아빠와 엄마, 그리고 손주들 걱정이 아직도 이만저만이 아닌가요? 묻고 싶을 때가 있다.

가끔 밖에 있다가 흰나비를 보면 왠지 두 분 중 한 분일 것 같아 속으로 기도하기도 한다. 두 분 자식들이 아무리 그리워도 조금만 더 있다가 데려가세요.

가끔 엄마 아빠가 살아계실 때 쓸 수 없는 글이 있다는 자각이 든다. 그렇지만 그 글은 차라리 모르고 싶다. 안 쓰고 싶다.

첫 시집에 「구석을 내밀면」에 썼던 것처럼 나는 아직도 "사랑하는 사람이 죽을까/ 이번에도/ 어쩌지 하는 기분"으로 산다.

아직은 용기가 안 난다. 중년에도 노년에도. 이별이 나이 순이라 해도 쉽게 납득할 수는 없을 것 같다.

내향인의 정

좋아하지만 막역하진 않은 사람들을 보고 돌아가는 길.

행사장을 빠져나오면 행사장을 빠져나오길 잘했다는 생
각과 조금 더 있었다면 조금 더 친해졌을까 하는 생각이 반
반이다. 가까운 듯 먼 거리에서 응원하는 사람이 많다.

언젠가 한 번은 좋아하지만 막역하진 않은 친구의 결혼
식에 간 적이 있다. 멀찍이 서성이며 박수를 보내다가도 피
로연장 구석에서 조용한 식사를 황급히 하다가도 집 생각
이 났지만, 겹지인이 하나도 없어 더욱이 가릴 낯밖에 없던
하루가 오히려 편했다.

어설프게 아는 사람이 즐비한 곳이 머물기 제일 어려운 곳이다. 같은 내향인이어도 내향인 나름이겠지만, 스몰토크조차도 어디서 끊어야 할지 난감하기 때문에 그런 장소에 있으면 실시간으로 닳는다.

언제부터 혼자가 편했던 걸까. 생각해보면 태어났을 때부터 그랬는지도. 물론 제 손으로 해결할 수 있는 게 무엇 하나 없긴 했지만 어쩐지 그랬을 것 같다.

집에 돌아오자마자 불편한 옷을 벗어 던지고 느슨한 옷차림으로 침대에 몸을 맡기는 날들이 많아졌다. 어른이 되고 독립을 안 했다면 지금의 나는 배로 닳아 있었겠지.

이런 확신 어딘가 쓸쓸해도 현재로서는 만족이다. 타고나기를 바닥난 친화력에 대비해서 이런저런 노력을 해봤지만, 역시나 혼자 있는 시간부터 잘 보내야 해결할 수 있는 일임을 더 뼈저리게 느낀다.

물론 좋아하면서도 막역한 사람들이 주변에 있지만, 좋아하지만 막역하진 않은 사람들과도 멀어지고 싶진 않다. 조금씩 마음을 지피는 관계도 있는 거니까.

인맥이라는 말과는 다른 무게로 그저 응원하게 되는 사람들. 자주 보진 못해도 반갑다. 집에 가고 싶은 마음과는 늘 별개로 반가운 마음이 그득하다.

그저 이렇게 사는 한 사람

독립이 아니라 고립인가. 아마도 단단히 착각을 하고 있는 거 아닐까. 모여 있는 소음으로부터 고요해지고 싶은 마음. 대체 누가 모여 사는 걸 좋아하지 싶은데. 엄마가 그렇다.

엄마는 종종 삼대도 모자라 사대가 함께 사는 대가족 브이로그 링크를 시도 때도 없이 공유한다. 대체 누가 이렇게 살고 싶대. 나는 아니야. 답장을 보내려다가 놀란 듯한 이모티콘을 보낸다.

감동해서 놀란 게 아니고 정말 놀라워서 놀랐을 때 쓰는 이모티콘이지만 감탄으로 보일 수도 있겠다. 같이 살면 정말 외로움이 줄어들까.

아직은 잘 모르겠다. 외로움을 없앨 순 없어도 외로움을 잊게 하는 것이 이 세상에 많아졌으니까. 나도 당분간은 잊는 편이 되기로 했다.

기대고 싶은 마음도 기대게 하고 싶은 마음도 당분간은 접어두기로 했다. 내 딴에 나를 위해서 해야 할 것이 많으니까. 자연히 스미는 관계가 아니고서야 다시 펼치는 일은 없을 것이다.

인연을 만나는 것도 노력이라고 노력을 했을 때가 분명히 있었다. 하지만 하다가 알았다. 일단은 나라는 밑작업부터 해야 한다는 것을. 여기서 말하는 밑작업이란 어떤 조건을 갖추겠다는 의미가 아니다.

어떤 조건을 갖추기까지 한다면 세상 사람들 시선에서 훌륭해 보이겠지만, 나는 일단 온전한 혼자가 되는 과정이 필요하다. 고립이 아닌 독립의 본질을 다해야 누굴 만나더라도 뒤탈이 없을 것 같다.

이런 마음을 아는지 모르는지 엄마가 얼마 전 태어난 조카 사진을 보낸다. 눈을 뜬 게 너무 신기하지 않냐며.

하얗고 말갛고 살갑고 똑부러진 동생 어릴 때 모습 그대로다. 동생 속에서 나온 아기 사진을 들여다보다가 빠져들 것 같아 껐다. 조카 바보가 되지는 않을 거야. 선언하듯 말했지만 이미 되고 있는지도 모른다.

순서 따지는 한국사회에서 나는 어른들 말마따나 순서가 꼬인 집안의 장녀. 그들 기준이라면 두 번 밀렸다. 그렇지만 저 정말 괜찮습니다. 말해도 믿지 않겠지.

괜찮긴 뭘 괜찮아. 그렇게 괜찮았으면 시집을 갔겠지 하는 울림이 둥둥 떠다닌다. 부모도 하지 않는 말을 애정도 하나 없는 사람들이 안다는 식으로 말하는 게 화가 나다가도 그럴 수 있지 싶다. 뭘 모르고 하는 소리니까.

그 소리에서 멀어지려면 정말로 독립다운 독립을 해야 한다. 설령 이 글이 무색해질 만큼 이 사회 기준에 크게 벗어나지 않는 연애와 결혼을 하게 되더라도. 일단은 독립부터.

나는 대가족을 원하지 않는다. 나는 단란한 가정을 원하지 않는다. 지금의 나를 나로 있을 시간을 원한다. 가족 안에서 나의 역할을 찾는 것도 뜻깊은 일이지만, 내가 원하는 가치에 부합하는 모습으로 내 구실을 다하고 싶다.

언젠가. 이렇게 사는 삶도 있다. 그걸 자랑하듯이 말하지 않고 그저 이렇게 사는 한 사람이 되어 있는 것.

뒷배도 울타리도 아닌 그저 안전하고 깨끗한 현관이 달린 아늑한 집. 지금처럼 똑같이 굳이 집밖에 나가지 않는 생활 속에서 정말로 서로에게 잘 스밀 수 있는 인연이 있다면 그때는 그런 운도 있었구나 하면서 살면 될 것 같다.

지금으로도 충분하다. 충분히 운이 좋다. 내 한 몸 내가 건사하겠다는데. 남에게 피해 안 주겠다는데. 감 놔라 배 놔라

하지 않았으면 좋겠다. 나는 그런 식으로 나의 제사를 치를 생각이 없다.

오래 쓴 사람의 시집

먼저 쓴 선생님들의 시집을 읽는다.

오래 쓴 선생님들의 시집에서 발견되는 공통점.

굵직굵직한 관념어를 쓴다. 느낌표가 찍혀 있다.

내가 하면 거창하고 겉멋이네 싶은 것들.

그래서 어딘가 내 마음이 그 말을 입으면 헐렁하다.

중고등학교 입학을 앞두고 맞춘 교복처럼.

시집 속 표현들이 꼭 성장통이 끝나면 마음에 맞을 것 같은 느낌이 든다.

그래서 이따금 생각날 때마다 다시 펼쳐 읽는다.

전보다 마음에 입었을 때 조금 덜 헐렁한 느낌.

그 느낌이 감사함으로 다가온다.

삶이 있고 죽음이 있고 그 사이에서 해마다 무게를 더해 가는 추처럼.

오래된 시집이 경종을 울린다.

내 삶의 경종이 울릴 때는 먼저 나온 시집이 약손이다.

책으로 묶이지 않는 마음

나와 단 한 사람만 알 수 있는 글쓰기.
그러나 그 사람은 읽을 수 없는 글쓰기.

그렇게 편지를 쓰듯 써진 글들은 버릴 구석이 없다.

그런 식으로 쓰이고 혼자 남겨진 글들을 좋아한다.

그 어떤 책으로도 묶이지 않은
부재중 사서함 같은 날들이 그리울 것이다.

그런 일들

사람이 사람 좋은 얼굴로 웃는 일

좋은 사람의 무표정을 보는 일

좋아하는 사람을 웃기고 울리는 일

누구에게도 보여주지 않는 표정을 남긴 일

숨기려던 표정을 들킨 일

모니터나 액정에 비친 자신과 눈 마주친 일

풍경에 표정이 물들어 있는 일

얼룩진 얼굴을 밤새 반죽하는 일

날마다 부어 있는 일

사랑하는 시선으로 터널이 뚫린 일

살지 않고서는 못 배기는 일

그런 일들

어둠의 독학

살아 도움닫기

전에 없던 난시가 생겼다. 월요일 아침 출근 전 조금의 이물감을 안고 찾아간 안과에서 한가득 타온 안약도 깜빡해 번번이 넣지 못한 채 막바지 여름을 보냈다. 이번 여름은 그동안 겪은 모든 땀띠를 두른 듯 따끔거리고 가려웠다. 몸과 마음에 쌓인 염증이 이루 말할 수 없을 정도로 쌓여서 전에 없던 속도로 혼자 있는 시간에는 끝도 없이 가라앉았다. 그래도 혼자 있는 시간이 상대적으로 편했다.

작년 연말에 본 사주풀이가 불쑥 떠올랐다. "새해에는 뭔가 침체되는 느낌을 받을 수 있어요. 그 느낌을 차라리 공부에 쓰는 것도 방법이에요." 그 말을 들었을 때는 오히려 반가웠다. 작년에는 뭔가 들뜨는 마음을 다스리려 해도 쉽게 진정되지 않았다. 기꺼이 사랑하려다 기꺼이 실연한 게 아마도 가장 큰 이유였나. 새로운 연애는커녕 지난 연애를 곰곰 되짚어보는 일도 이제는 흥미 없어질 정도로 정말로 침체되는 와중이었다.

어느덧 난반사에 익숙해진 눈으로 맞은 가을은 여지없이 아름다웠다. 어느 날 집으로 가는 저녁에 본 가을 하늘에는 파도 끝 같은 구름이 이리저리 번져 있었다. 딱 저런 구름이 뜬 날에 세상을 떠나도 좋겠는데 하는 생각이 들 만큼 아름다웠다.

왜 살지? 이런 읊조림도 시시해졌다. 더는 무엇 하나 심오해지지 않는데 재미마저 없어지는 형국이라니. 나 진짜 위태로운가? 이런 자각이 들면 다행인지 불행인지 나는 꼭 미래를 향해 장치 하나를 마련한다.

이번 장치는 3개월의 기다림이 필요했다. 기다림 안에 기다림이 포개져 있는 형태로. 오래 좋아했던 최애 아티스트의 내한공연을 손꼽아 기다렸다. 예매일시 몇 분 전에 알람까지 맞춰 두었는데 망할 놈의 밥벌이 때문에 티켓팅에 실패했다. 하루에도 여러 번 취소표를 기다리며 시도 때도 없이 예매창을 열어 새로고침을 해댔다. 세상은 이 작은 포도 알 하나도 쉽게 내주지 않는구나. 자기 주제를 모르고 너무 작은 공연장에서 공연을 여는 아티스트에게 상소문 올리듯 긴 팬레터를 보내고 싶었다. 그 마음이 조금은 통했는지 주말 하루 공연이 양일 공연으로 바뀌고 끝에는 시야제한석까지 열리긴 했으나 표 구하기가 쉽지 않았다.

업자들이 올린 듯한 도배 글들을 SNS에서 보았지만 아무리 마음이 급해도 암표를 살 순 없는 일. 그때 예매 대기 시스템이라는 것을 알게 됐다. 예매 대기조차 돈을 내야 선점할 가능성이 커진다는 현실에 좌절하는 일도 잠시, 티켓 플랫폼 멤버십 가입까지 감행해 할 수 있는 한 최선을 다해서 2층 좌석이어도 좋으니 구획을 쳐두었다. 정말 오랜만에 무언가에 집착하며 달려드니 개운하진 않았지만 살아 있는 기분이었다.

그렇게 한 달 반쯤 시간이 지났을 때 취소표 하나가 터졌다. 보라색 포도는 아니었지만 기뻤다. 청포도 한 알. 2층 자리어도 아무렴 괜찮다. 그날 그 공연장에서 그 노래만 들을 수 있다면. 그렇게 또 한 달쯤 지나서 찾은 공연일 아침. 그토록 기대했던 날에 어울리지 않는 최악의 컨디션이었다. 이렇다 할 뜻도 없고, 있었어도 진작 집어치운 듯한 어찌 되었든 뜻대로 되지 않을 거라 믿어 의심치 않던 인생답게 폭식과 깨진 수면 리듬으로 병들어 있었다.

그 순간 그래도 일어나야지 하는 마음은 어디에서 비롯된 것일까. 몸을 일으켜 잔뜩 부은 몸과 번지는 시야로 집을 나서고 공연장으로 향하는 지하철 노선을 검색했다. 환승하며 올라탄 동작역 에스컬레이터 위로 언제 꺼져도 이상하지 않을 매립등 하나를 응시하며 지나왔다. 굿즈 예약 구매도 못해 다른 팬들처럼 나눌 그 무엇도 만들어 오지 못한 채 부랴부랴 2층 예매석을 찾아 들어섰다.

좌석에 앉아 대각선 앞에 놓인 무대를 내려다보았다. 무대 부근이 뿌옇게 보였다. 난시가 더 심해진 걸까 걱정하던 중에 안내방송이 나왔다. 공연 중 사진 영상 촬영 금지 및 화재 시 비상구 안내에 이어 무대 효과를 위해 인체에 해롭지 않은 연기가 뿌려지고 있으니 안심해도 된다 했다. 무대 옆과 뒤 스크린은 검은 바탕에 하얀 글씨. 조금 흐린 눈으로도 읽을 수 있게 장치한 것들.

몇 분 뒤 불이 꺼지고 무대 위로 조금씩 걸어들어오는 아티스트가 보였다. 모두의 함성과 박수가 터져 나왔다. "진짜잖아?" 나도 모르게 혼잣말이 흘러나왔다. 반가움을 표

하는 아티스트의 손짓에 서서 서너 곡을 연이어 듣고 조명이 또 어둑해졌다. 연주하던 밴드가 퇴장하고 아티스트 혼자 남아 잠시 혼자 해보겠다고 했다.

조용히 돌아서 기타를 메더니 다시 돌아선 아티스트가 조율할 겸 부드러운 선율 몇 마디를 연주하더니 전주를 시작했다. 암전된 객석. 아티스트의 맞은편으로 객석으로 뻗어 나간 옅고 긴 선들이 끝에 별빛처럼 어둠에 붙어 조금씩 움직였다. 이 모든 흐름을 볼 수 있다니. 가운데 앉지 않아서 오히려 다행이었다. 그 순간 울려퍼지던 노래의 제목은 다름 아닌 "어둠"이었다.

마음의 어둠을 주제로 써진 시적인 가사. 한 사람의 틈으로 흐르는 거리가 있고, 그 거리에 바보 같은 얼굴을 한 요괴들이 있고, 이내 흘러내리는 더러운 마음을 언급하며 아무래도 상관없다고 "씩씩하게"를 조용히 두어 번 읊조리는 그 노래가 끝나고 이어서 나온 노래는 초창기 앨범에 실려 있는 곡이었다.

그 노래의 제목을 직역하자면 "습관 노래"인데 마치 가까운 사람에게 편지를 쓰듯 나에게 일기를 쓰고 있는 듯한 그런 가사로 채워져 있다. 1절과 2절의 후반부 질문이 하나씩 나온다. 어두운 이야기를 듣고 싶지만 웃으며 물어도 될지. 이 노래를 듣는 사람의 버릇은 무엇인지. 두 가지 물음을 안은 노래를 들으며 눈물이 났다.

그 어떤 들뜸도 없이. 이 침착한 어둠을 붙잡고 있던 사람이 부르게 된 희망의 노래들. 함께 근사하지는 않아도 귀여운 율동 같은 춤을 출 수 있는 노래에 다다르기까지. 그 다다른 곳에서 눈물도 흘리고 개운한 운동을 마친 듯 땀도 흘리고 집으로 돌아오던 길. 동작역 에스컬레이터에 올라타 다시 본 매립등이 별처럼 보였다.

대체 이런 경험은 뭐라고 해야 할까? 진귀해서 이렇게 적기만 해서는 나눌 수 없을 것처럼 보이지만 언젠가 쓸 시에 반드시 포함될 것 같은 느낌. 이 시기 내가 해야 할 공부는 어둠의 독학일지도 모른다는 상상. 그 상상을 할 수 있게 해준 호시노 겐에게 한없이 감사한 마음이다.

공연장에서 팬들이 나눠 가진 슬로건에는 〈Star〉의 가사 한 줄이 적혀 있다. 한국말로 하면 "사랑을 겐에 두고"다. 그 한 줄 속 겐은 겐상의 이름이기도 하지만, 한자로 적으면 근원을 뜻하는 源이다. 그 이름을 쓰는 사람이 쓴 가사처럼 사랑을 근원에 두고 산다면 가능하지 않을까?

살아 도움닫기. 오래도록 내가 바라던 삶은 그 자체로 발판
이 된 시간. 기다렸던 곳에 갔다가 불 꺼진 집으로 다시 돌아
오는 하루에 깨달았다. 어둠의 독학으로 터득할 수 있다. 내
그림자를. 그저 존재하는 지금을.

　적어도 이 세상엔 낮과 밤이 있다. 그것들이 반복되고 내
식대로 숨죽여 기다린 것이 하나 있다면 사랑이라는 것을. 이
제는 그 모든 것을 부정하지 않고 살아갈 자신이 숨에 붙어
있다는 것을 안다.

　한국에 다시 오겠다는 약속을 지키기 위해 2026년 2월 6일
호시노 겐이 〈약속〉이라는 제목의 콘서트 무대에 올랐다. 아
무래도 나는 약속의 근원을 따라가는 사람들이 좋은 것 같다.
그렇게 성실히 도착한 곳에는 언제나 사랑이 있으니까.

홀연히

도심의 거리는 말할 거리가 많다. 걷는 이에게 끊임없이 말을 건다. 그저 지나가면 그뿐이지만, 하루에 하나 정도는 마음에 파고들곤 한다. 무엇을 알리기 바쁜 저 간판도, 저 전단도 각자가 포장한 무엇을 팔아 치우면 제 몫을 다한 것일 텐데. 제 몫과는 상관없는 의미가 마음에 파고든다.

벽돌만큼 두꺼운 책으로도 쌓을 수 없던 마음의 안정을. 벽돌만큼 두꺼운 책으로도 누를 수 없던 마음의 불안을. 부지불식간 분주하고 복잡한 도심 속 버려진 문구로 헤아릴 때. 그 순간 느껴지는 홀가분함이 있다.

해야 할 일에 사로잡혀 온통 가버린 하루. 그렇게 속절없이 한 해를 보냈다. 연말연시라 그런지 저녁 퇴근길이 평소

보다 북적였다. 각자 일과를 마치고 맥주 한 잔씩 주문한 사람들이 그동안의 안부와 근황을 분주하게 나누고 있었다. 가게 외관에는 "거짓 없이 청량하게"라는 문구가 대문짝만 하게 붙어 있었다.

거짓 없이 청량하게. 아마도 그만큼 목 넘김이 시원한 맥주를 팔고 있다는 걸 드러내고 싶었나 보다. 어떠한 이물감 없이 한 번에 쫙 들이킬 수 있는 것. 삶에도 그런 게 있을까. 말하자면 그런 시원한 진실 같은 것 말이다.

상상해보자. 각자 삶에 놓인 진실 한 잔이 있고, 그것을 시원하게 들이키려면 어떻게 해야 할까. 나라면 우선 혼자 있는 시간부터 마련할 것이다. 누군가와 짠 하고 잔을 부딪치기 전까지는 그런 시간을 충분히 가져야만 한다는 생각이 든다. 어떤 진실의 축배는 혼자 들어야만 기념이 되니까.

기념이란 뜻깊은 일이나 사건을 잊지 않고 마음에 되새기는 것. 당사자가 아니면, 또 당사자여도 그 순간이 아니면 온전히 느낄 수 없는 홀연한 경험이 참 많다. 어쩌면 인생은 그런 홀연함의 연속일지도 모른다.

그런데도 어째서 인간은 매일 무언가를 쌓아간다는 감각을 느낄 수 있는 걸까? 또 이런저런 성취를 하고도 이내 헛헛해지는 마음을 떠올려 보면 인간의 삶은 신비에 가깝다.

손해 보기 싫어 대체로 확실한 것을 추구하지만, 확실한 것을 추구할수록 재미없어지는 삶의 진리 앞에서 깨닫는다. 중요한 건 잘 몰라도 된다는 것. 잘 모를 수밖에 없다는 것. 재미있는 삶을 위해서 아는 체는 관두기로 했다.

거짓 없이 청량하게. 내 삶의 진실 한 잔을 차게 둘 준비가 되었다. 속이 다 시원하도록 삶의 진실을 꿀꺽꿀꺽 삼켜 볼 참이다. 때로는 그 한 잔을 다 비우기 위해 건어물처럼 질긴 흑역사와 함께해야 할 수도 있다. 그 모든 건 SNS에 올릴 수 없는 참상이므로. 오직 그 참상이 마음에 맺히기만을 기다린다.

그렇게 기다려서 얻는 건 휘발되지 않는 단 하나의 그림이다. 어디에도 드러내지 않은 마음으로 그려낸 그림 한 점. 그 한 점이 시로 찾아오기도 한다. 어떠한 꾸밈도 없이 가꾸는 형태로만 남길 수 있다.

살아 있다면 시작할 수 있다. 자랑하지 않아도 이내 뿌듯해지는 순간에 자주 머물기를 바란다.

계속 시작하며

표면 없는 이면은 없어서

지금 이 글을 쓰는 저는 살아 있습니다. 지금 이 글을 읽는 당신도 살아 있습니다. 그러니 우리 모두 산 채로 이 글을 만났다는 것이군요. 조금의 시차를 두고 있어도 이렇게 살아 도움닫기를 만났으니 괜찮다는 말을 하고 싶었습니다.

책을 쓰는 동안 잠꼬대가 끊이질 않는 밤을 보냈습니다. 생활하면서 속에 들끓은 화가 많았던 모양이에요. 마음의 여름이라고 적으려다 마음의 기후위기라고 적습니다. 기억 속 실제 경험한 여름은 무덥긴 해도 확실히 생동하는 초록의 계절인데 한동안 마음이 그렇지 않았던 것 같아서요. 수해 입은 듯 곤죽 상태로 자주 제 화를 못 이겨 온열 질환을 않던 마음이었습니다.

그래도 다행인 건 이 책을 쓸 시간이 주어졌다는 거였어요. 이 책을 쓰기 1년 전만 해도 하반기 연달아 책 세 권을 냈는데, 그럴 에너지가 있었다는 게 너무 신기했어요. 그렇게 했으니 이번 책도 약속한 날짜까지 써서 제때 나올 수 있다 했고 오산이었죠. 그렇지만 제때란 무엇인가요. 시간 약속을 못 지킨 건 여러모로 부끄러운 일이지만, 그때에 다 다르지 않고 제때를 장담하는 건 어쩐지 더욱 멍청한 일인 것 같다는 생각이 듭니다.

여름 동안 모기에 많이 물리지 않아 의아했는데 다음날 곧장 물렸습니다. 어쩐지 인생과 비슷한 전개라는 생각이 들었네요. 어릴 때는 모기에 물린 살이 부풀어 오르면 작은 무덤 하나가 생겼다 생각했는데요. 손끝으로 그 가운데 십자 모양을 만들며 배꼽이다 생각하는 방식으로 가려운 무덤을 이겨냈던 기억이 납니다.

가려운 무덤. 아직 죽지 않은 제게 죽음에 대한 감각이 그렇게 밀려올 때가 있어요. 어쩐지 성가시고 억울한 정도로 죽음을 받아들이고 있다면 오히려 다행인 걸까요?

어릴 때 피아노 학원에 다녔습니다. 체르니까지 진도를 뗐는데 지금은 하나도 기억이 안 납니다. 왜 배웠나 싶어요. 처음엔 정말 배우고 싶었는데 배울수록 그만두고 싶었어요. 신기하죠. 단순 변덕이라고 하기엔 선생님이 참 무섭게 가르치셨어요. 취미를 바탕으로 적성을 찾았다면 어땠을까. 피아노가 취미로 남았다면 지금쯤 어떤 글을 쓰고 있을지 그런 게 궁금해요.

그나저나 이 이야기를 왜 하나 하면 그 시절 피아노 독주회를 앞두고 이마에 모기를 물렸던 기억이 나서요. 당시 가릴 앞머리도 없이 오히려 더 머리띠로 힘있게 머리카락을 넘긴 채 이마를 내놓고 찍은 사진을 볼 때마다 웃음이 나더라고요. 연주는 망치고 이마 한쪽은 붉고 와중에 진지한 그 표정을 볼 때면 어쩔 수 없다 싶어요. 잘해보려던 인생 순간순간에 찍힌 사진 같달까.

피아노는 못 치게 됐지만 그 사진은 남았어요. 그 사진이 남았듯 이 책도 그렇게 남지 않을까 싶은데. 두고 봐야겠죠?

나가는 글은 두루 높임체로 쓰고 싶었어요. 혼자 땅만 보고 걷다가 부딪친 사람에게 건네는 사과처럼. 나도 있고 누군가도 있음을 몸소 감각하는 순간처럼. 사과 후에 마저 걸어가듯 이 책이 계속 걷게 할 미래는 어떨지 궁금합니다.

책깃을 스쳐주셔서 감사합니다. 이면에 남겨주실 이야기를 응원하며. 다음 장에 질문 하나 남겨 둡니다. 편히 마저 넘겨주시길요.

죽은 듯이 사는 시간은 무엇을 기다리는 시간인가요?

죽은 듯이 사는 시간은 무엇을 기다리는 시간인가요?

추천의 글
— 신미나(시인)

신미나(시인)
2007년 경향신문 신춘문예로 작품 활동을 시작했다.
시집 『싱고,라고 불렀다』 『당신은 나의 높이를 가지세요』
『백장미의 창백』 등이 있다.

도약보다 긴 몇 걸음

강원도의 한 레지던시에 머물던 어느 여름이었다. 이상 시인의 말마따나 "일망무제의 초록"이 펼쳐진 산골이었다. 고요는 때로 풍경이 되고, 때로는 무료함이 된다. 그곳에서도 그랬다. 초록이 짙어질수록 심심함도 따라왔다.

나는 그 시간을 견딜 요량으로 인스타그램에 퀴즈를 내기 시작했다. 이름하여 '할매 퀴즈'. 깨 타작 소리 맞히기, 새소리 맞히기, 초성으로 책 제목 맞히기 등 별것 아닌 문제들이었지만 생각보다 여러 사람이 정답을 보내왔다.

그 퀴즈의 첫 정답자가 김민지 시인이었다. 나는 바늘꽂이와 주전부리, 그리고 막 출간한 산문집을 선물로 보냈다. 그도 막상 정답자가 되자, 조금 얼떨떨했을 것이다. 서로 얼굴도 모르는 사이였지만, 이상하게도 오래 알고 지낸 사람에게 선물을 건네는 기분이 들었다. 그렇게 시작된 인연이 지금까지 느슨하게 이어지고 있다.

김민지 시인은 자조를 다루는 법을 아는 듯하다. 그렇다고 단순히 자신을 깎아내리는 식의 자조는 아니다. 오히려 삶을 살짝 비켜 바라보는 태도에 가깝다. 그의 산문을 읽다 보면 인간이 얼마나 자주 자기 발에 걸려 넘어지는 존재인지 문득 깨닫게 된다. 불안은 작은 기척에도 흔들리고, 사소한 소리에도 '폭죽'이 아니라 '폭탄'처럼 터진다.

웃음에도 결이 있다. 한꺼번에 터지는 웃음이 있고 피식 새어 나오는 웃음이 있으며 바람 빠지듯 배시시 번지는 웃음도 있다. 그의 웃음은 아마 후자에 가까울 것이다. 그는 문장으로 자신을 몰아세우지 않는다. 대신 이렇게 자신을 살짝 비튼다.

"나는 꽈배기 장인이다."

문장은 직선으로 곧게 달리기보다 한 번 비틀렸다가 다시 풀린다. 설탕 묻은 꽈배기처럼. 그 나선을 따라 생각이 한 바퀴 돌아 나온다. 자조는 체념이라기보다 생활의 기술이다. 마음이 너무 단단해지거나 무거워지지 않도록 슬쩍 자신을 풀어두는 기술. 덕분에 문장은 염세로 기울지 않고 씁쓸하게 밝다.

나는 어쩔 수 없이 이런 솔직한 글에 마음을 빼앗긴다. 게다가 그는 "내심 좋아하는 마음"을 숨기지 않는다. 이런 마음이 대개 도움이 되지 않는다는 것을 알면서도, 여전히 좋아하는 것이 많다는 사실을 담담하게 인정한다. 삶이 언제나 지혜로운 선택만으로 움직이지 않는다는 것을 알기에, 마음은 자꾸 무언가를 원하고 기울고 갈팡질팡한다. 그는 그 흔들림을 매끈하게 다듬지 않는다. 울퉁불퉁한 '상태'로 둔다.

시인이자 생활인으로서 그의 산문을 읽으며 나는 수년 전 직장에 다니던 시절을 떠올렸다. "죄송하지만……"이라는 사과로 하루를 시작하는 날들. 부탁과 양해 사이를 오가던 지난한 일상의 언어들. 그리고 그가 보았을 회사 건물 사이에 놓인 하얀 축구공을 떠올렸다.

"행복하세요."

누군가 축구공에 적어 놓은 짧은 문장 하나. 그 공을 함께 바라봤을 동료의 시선도 그 자리에 있었을 것이다. 이제는 사라졌지만 "공은 아직 있어."라고 말하는 시인은 '아직'이라는 부사를 만지작거린다. 그런 시선 끝에서 이런 문장이 태어나기도 하는 것일까.

"한 시절 한 시절을 대나무 한 마디 한 마디처럼 키워 올려 그 죽대로 겨우 만든 것이 세월의 회초리라는 생각."

시간은 그렇게 자란다. 대나무가 마디를 늘려 가듯, 한 시절이 지나고 또 한 시절이 이어진다. 그렇게 웃자란 시간이 어느 날 '우리'의 등을 툭 치기도 할 것이다.

우리의 문장이 지금을 가리켜야 한다면 『살아 도움닫기』라는 제목은 그래서 정확하다. 도움닫기는 높이뛰기의 기술이다. 김민지 시인은 도약의 순간보다 그 앞의 몇 걸음 속에서 더 오래 산다.

이 산문이 반짝이는 이유도 거기 있지 않을까. 장대를 훌쩍 넘어서는 찰나보다 장대를 바라보며 숨을 고르고 잠시 멈춰 서는 때. 다시 발을 뒤로 물리고 기우뚱거리는 마음의

균형을 가만히 붙잡는 시간. 도약은 잠깐이지만 도움닫기는
길다.

　돌이켜보면 그와의 인연도 어쩌면 작은 도움닫기였을지
모른다.

균형을 가만히 붙잡는 시간. 도약은 잠깐이지만 도움닫기는

살아 도움닫기

초판 1쇄 발행 2026년 4월 3일

지은이 김민지

펴낸이 김규열
편집   김규열
디자인 김규열

펴낸곳 출판사 결
등록   2022년 5월 17일 제2024-000068호
이메일 gyeolpress@gmail.com │ 인스타그램 @gyeolpress

ISBN   979-11-992356-3-2 (03810)